AF220526

Inhalt

© 2021 Jr. Sofian Moon
Herstellung und Verlag: BoD – Books on Demand,
Norderstedt
ISBN: 9783754352373

Jack & Frank

Ein lauter Donnergroll rollt über das Land, die Wolken ziehen mit einem starken Wind über den Horizont. Jack steht mit seiner hellgrünen Regenjacke auf der wilden, leicht vertrockneten Wiese des alten Friedhofs, auf dem er mit seinem Onkel in der Nähe einer kleinen Wüstenstadt arbeitet. Er blickt mit einem skeptischen Blick in den Himmel und ahnt nichts Gutes. Es ist bereits früher Abend und er entschließt sich den bereits langen Arbeitstag zu beenden.

>>Ey Frank! Guck dir mal die Scheiße an, die da auf uns zurollt! Ich würde sagen wir machen für Heute Feierabend<< ruft Jak mit einer rauen, kratzigen Stimme, während er an seiner Zigarette zieht und weiße Rauchwolken in den Himmle gleiten lässt.

>>Was? was sagst du? << erwidert sein Onkel.

Jacks Onkel Frank ist ein sehr alter, dünner, besser gesagt sterbensdünner Mann. Frank hat schneeweiße, schulterlange Haare und einen kratzigen Stoppelbart. Frank hebt sich aus dem staubiegen Loch, dass er gerade am Ausgraben ist. Er steckt seine Schaufel in die Erde, so dass diese gerade stecken bleibt. Er blickt in den grauen Himmel, dann verzieht er sein altes, faltiges Gesicht.

>>Ah scheiße, auch das noch. Auf so nen scheiß Gewitter habe ich überhaupt kein Bock. Hilf mir raus Jack! << schnauft er. Er ist schon völlig aus der Puste vom vielen graben. Er streckt seine erdige Hand aus dem Loch, in dem er schon fast komplett versinkt.

>>Das schaffst du schon allein alter Mann<< sagt Jack spöttisch und grinst seinen Onkel frech an.

>>Laber nicht dumm rum, hilf mir einfach hoch<< beschwert sich Frank genervt.

Jack verzieht sein Gesicht und schnippst den letzten Stummel von seiner Zigarette in die Wiese.

>>Na komm schon, bevor noch die Scheiße gleich runter kommt<< schimpft Frank und streckt seine Arme erwartend zu seinem Neffen.

Jack reicht seinem Onkel beide Arme und zieht ihn mit einem kräftigen Ruck, aus dem staubigen Loch.

>>Verdammt Frank, deine kompletten Klamotten sind voller Erde, scheiße so kommst du nicht in mein Auto! << Frank mustert seinen Onkel und lacht leicht auf.

>>Ach dein verschissener Pickup ist eh komplett vermüllt, da macht das bisschen Erde auch nicht mehr viel aus<< entgegnet der mürrische alte Mann.

Jack lacht erneut spöttisch auf und zieht kurz die Mundwinkel hoch.>>Hm, dafür gibst du heute aber die Burger aus<<

Frank sieht ihn unbeeindruckt an, schließlich ist er es gewohnt immer das essen zu bezahlen. >>Okay du Penner<< erwidert er gleichgültig.

Die Beiden laufen über den verwachsenen Steinweg, der über den Friedhof führt. Der Wind wird derweil immer stärker, sodass Jack seine Kapuze kaum aufbehalten kann und Franks langen Haare, wild im Wind wie eine Fahne wehen. Sie kommen zu dem großen, rostigen Friedhofstor, dass seine beste Zeit, längst hinter sich hatte. Mit einem quietschenden Knarren zieht Jack das Tor auf.

>>Hast du den Schlüssel Frank? << ruft er laut.

Der Wind zieht Jack so stark um seine Ohren, sodass er gar nicht bemerkt das Frank genau neben ihm steht.

>>Was habe ich? << erwidert dieser.

>>Den Schlüssel Frank! Wirst du jetzt auch noch taub? <<

>>Ja ja, der Wind zieht so laut, deswegen hör ich dich kaum<< mit zu gekniffenen Augen packt Frank an seinen Hosenbund, mit einem klimpernden

Geräusch holt er den großen Friedhofsschlüssel hervor.

>>Komm beeil dich Frank, ich bekomme schon die ersten Tropfen ab<< ruft Jack aufgeregt.

Der Wind ist bereits so stark, dass er es kaum schafft ruhig stehen zu bleiben.

>>bist du aus Zucker, oder was? Schmeiß schonmal den Wagen an! << fordert Frank, während er wilde Handbewegungen vollzieht.

Jack verzieht sein Gesicht und schüttelt seinen Kopf. Er greift in seine Jeanshosentasche und zieht eine durchgeweichte Zigarettenpackung hervor. Genervt läuft er zu seinem rost-roten Pick-up, der auf einem kleinen Schotterplatz vor dem Friedhof steht.

>>Was ein Rotz, jetzt sind die scheiß Zigaretten nass geworden<< ruft er genervt.

>>Du solltest den Scheiß eh lassen<< schreit Frank ihm vom Tor entgegen.

Er schließt das Friedhofstor mit einem rostigen quietschen ab, was bei diesem Wind gar nicht so einfach ist. Nach dem er es endlich geschafft hat, läuft er mit der Hand vor seinem Gesicht zum Auto und stellt sich an die Beifahrertür des Pick-ups.

>>Komm schon Jack, gleich fängt das Gewitter an<< ruft Frank ungeduldig und greift mit der Hand an den Autogriff, in der Hoffnung die Tür würde sich öffnen.

>>Ja, Ich habe es schon geschafft<<

Jack zündet sich mit einem qualmenden Paffen die nächste Zigarette an und schließt mit dem Schlüssel den alten Pick-up auf.

>>Hier sieht es ja schon wieder aus, meine Fresse Jack, lebst du in der Schrottkarre oder warum liegt hier so viel Müll<< beschwert sich Frank, während er die Tür öffnet und angeekelt den Wagen begutachtet.

>>schmeiß die Scheiße einfach nach hinten und nimm das rote Handtuch, dass auf dem Rücksitz liegt und leg es auf den Sitz, bevor du dich setzt! << erwidert Jack gereizt und deutet auf das Handtuch, welches zusammen geknüllt auf der Rückbank, zwischen alten Burgertüten trostlos liegt.

Frank schmeißt die leeren Coladosen die auf dem Beifahrersitzliegen, auf den zugemüllten Rücksitz.

>>Ich hoffe du hast dich mit dem Handtuch nicht abgewischt<<

Frank nimmt mit einem angewiderten Gesichtsausdruck, das Handtuch und legt es auf den zerrschruppten Beifahrersitzt aus, so dass er es als Sitzunterlage benutzen kann. Frank findet diese übertriebene Sorge von Jack, jedoch absolut sinnlos. Er achtet sowieso nicht auf sein Auto, nein! Das kann er auch gar nicht, wie sollte sonst sein Auto so aussehen wie eine Müllhalde, ohne zu übertreiben.

>>So, kann es losgehen? << fragt Jack provokant, während er seinen alten Onkel zusieht.

Er hält die Zigarette mit seinen rauen, trockenen Lippen fest und nimmt paffende Züge, während er den Schlüssel in die Zündung steckt. Mit einem kräftigen Schwung löst er das Lenkradschloss und legt den Rückwärtsgang ein. Frank spielt derweil mit dem Radio und probiert auf krampf einen passenden Radiosender zu finden.

>>Man, was machst du denn da?!<< brummt Jack unverständlich mit seiner Kippe im Mund, genervt von den Störgeräuschen des Radios.

>>Hä? Ich probiere nen Sender reinzubekommen<< erwidert Frank, während er konzentriert die Rädchen am Radio dreht.

>>Scheiße Frank, du verstellst mein komplettes Radio. Ich habe Wochen gebraucht, um den passenden Sender zu finden<<

>>Keine Sorge, ich habe es gleich<<

Frank dreht weiter wild an den Drehknöpfen, das rauschende, nervende Geräusch des Radios, wird jedoch nun von dem lauten Motorgedröhne übertönt, da sie mittlerweile auf voller Fahrt sind.

>>So, da habe ich doch schon den passenden Sender<< flüstert Frank stolz vor sich her.

Es ertönt ein lauter, schmieriger Popsong aus den 80iger im Radio, voller Freude dreht Frank das Radio noch lauter auf.

>>Hahaha, lass einfach mal einen alten Profi dran<< jubelt Frank und reißt seine Arme nach Oben.

Jack guckt mit einem skeptischen Blick rüber zu Frank und pustet eine große Rauchwolke aus seinem Mundwinkel. Ein lauter Donnerschlag kracht mit einem lauten Knall über den Himmel und Regen fällt wie aus allen Eimern vom Himmel. In Sekundenschnelle wird die Fahrbahn von dem starken Regen geflutet und die Sichtweite ist durch den wuchtigen Schauer eingeschränkt.

>>Ha, da haben wir es gerade noch geschafft, bevor der Regen uns erwischt hat<<

Jack schaltet die Scheibenwischer in der höchsten Stufe ein. Die Sicht verschlechtert sich durch den zunehmenden Regen.

>>Man man man, jetzt geht es hier richtig los, mach besser das Licht an Jack<< rät Frank besorgt, während er konzentriert versucht etwas zu erkennen. Jedoch sind die Sichtverhältnisse so schlecht, dass sie auch mit dem Licht kaum etwas sehen. Es scheint so als wäre eine dunkle, graue, nasse Wand stehts vor ihnen.

>>Habe ich doch schon<< flunkert Jack, getrieben von seinem falschen Stolz.

Er nimmt einen weiteren paffenden Zug und legt den Schalter links neben dem Lenkrad um. Das Scheinwerferlicht des Pick-ups geht an, doch es verbessert kaum die Sicht. Lediglich die Regentropfen sind nun deutlicher zu erkennen. Angestrahlt durch die Scheinwerfer, glitzern sie wie kleine Kristalle, die jedoch auf der klaren Windschutzscheibe zerspringen.

>>Was nen Rotz, wer hat diese schrott Scheinwerfer erfunden, die bringen rein Garnichts<< flucht Jack vor sich hin.

 >>Kein Wunder Jack, du brauchst neue Glühbirnen, ich habe dir doch gesagt dein Licht ist schwach<<

Jack blickt genervt und versucht verzweifelt die geflutete Fahrbahn zu erkennen. Er kurbelt einen kleinen Spalt sein Fenster runter und knipst seinen Zigarettenstummel aus dem Fenster.

>> Scheiß drauf, wir sind eh gleich da<<

>>Ich hoffe Sam hat heute wieder bessere Laune, letztes Mal hat er den Burger ziemlich hingeklatscht, ohne Liebe, findest du nicht? <<

>>Ohne Liebe? << erwidert Jack, und macht ein verwirrtes Gesicht.

>>Ja Jack, ohne Liebe! Man merkt einfach, wenn jemand Essen ohne Liebe zubereitet<< erklärt Frank und schaut erwartungsvoll zu seinem Neffen, in der Hoffnung das er nur scherzt. Schließlich müsste jeder normale Mensch verstehen, was damit gemeint ist.

>>Wenn du meinst...<< sagt Jack gleichgültig und konzentriert sich weiter auf die Straße.

Die Beiden fahren die Landstraße, die gespenstisch leer ist, fast ohne Gegenverkehr entlang. In der Ferne taucht das leuchtende Reklameschild des Diners auf und bietet endlich einen Anhaltspunkt, in dieser orientierungslosen Fahrt.

>>Ach, wir haben es doch geschafft, siehst du auch schon das Schild Frank? << Erleichterung macht sich bei Jack breit, als er endlich das leuchtende Schild in der Ferne sieht.

>>Was? Wo? Tatsächlich, hahaha das ging schneller als erwartet<< Frank lächelt glücklich, endlich würden sie etwas essen und den wohl verdienten Feierabend einleiten.

Der alte Diner steht in einer Parkbucht direkt an der Bundesstraße, einige Kilometer vor der Kleinstadt, in der die Beiden wohnen. Der Diner ist perfekt für durchreisende gelegen, so tummeln sich dort meistens stattliche Lkw-Fahrer, oder übermüdete Autofahrer, die dringend einen Kaffee benötigen. Jack fährt auf den fast leeren Parkplatz, es stehen gerade mal drei Autos vor dem Diner und nur ein Lkw.

>>Ha, meinst du der Regen lässt noch nach Frank? << fragt Jack entgeistert, während er das Auto unter dem rhythmischen prasseln des Regens parkt.

Frank guckt skeptisch in den schwarzgrauen Himmel, er verzieht sein Gesicht und guckt Jack mit müden Augen an.

>>Also so wie ich das sehe... wird es glaube ich noch nen Moment weiter Regnen<<

Ein Donnergroll ertönt mit einem dumpfen Rumpeln in der Ferne.

Stille herrscht im Auto, sie horchen dem Donner ehrfürchtig zu, als würden die Wolken sie belehren. Jack greift wieder in seine Tasche und steckt sich eine Zigarette dampfend an.

>>Ist das dein scheiß Ernst? Du hast doch vor zwei Minuten erst eine geraucht<< raunt Frank, enttäuscht von dem hohen Zigarettenkonsum seines Neffen. Frank war früher auch ein starker Raucher, jedoch hat er es irgendwann aufgegeben. Er schiebt es auf die Gesundheit, doch in Wirklichkeit hatte der alte Mann es wegen seiner geliebten Frau aufgegeben. Frank war nämlich mit der liebevollen Kettenraucherin Betty, lange Zeit verheiratet. Gemeinsam haben sie immer auf der Terrasse geraucht. Nun kann er den Rauch der Glühstängel nicht mehr riechen, ohne dass er schmerzhaft an den Tot seiner Frau erinnert wird.

>>Hä? Wir haben doch eh nichts zu tun, ich rauch noch kurz eine, vielleicht ist dann auch der Regen vorbei<< antwortet Jack, während er die Feuersteine von seinem Feuerzeug ratschen lässt und mit der heißen Flamme, die Zigarettenspitze verglüht.

>>Was? Glaubst du ich häng jetzt 10 Minuten mit dir im Wagen ab und lass mich zu räuchern? << erwidert Frank störrisch und fährt sich durch seine weißen Haare.

>>Das dauert doch keine 10 Minuten, willst du in den Diner wie ein nasser Hund spazieren, die Leute denken doch jetzt schon das du ein Penner bist hahaha<<

>>lieber wie ein nasser Hund, als wie ein Räucherstäbchen<<

>>In dem Laden sind nur Fabrikarbeiter, Trucker oder irgendwelche Landstreicher, keiner von den wird auch nur das Geringste riechen<<

>>Ich habe trotzdem keine Lust mehr im Wagen zu sitzen<< Frank wird leicht nervös. Er redet mit seinem ignoranten Neffen nicht über seine Gefühle, generell ist das nicht seine Art, weshalb Jack kaum seine übertriebene und starke Abneigung gegenüber Zigaretten versteht.

>>Ja ja, ich bin doch gleich fertig, dann gehen wir los<< beruhigt Jack seinen alten Onkel.

Jack nimmt zwei kräftige Züge von der Zigarette, er pustet eine riesige Rauchwolke in den Innenraum des Pick-ups und hustet leicht.

>>Okay! komm Frank, lass uns los<< haucht er leise, während er den Rauch inhaliert.

>>endlich! Ich hoffe du wirst auch nicht zu nass<< spottet Frank.

Zeitgleich öffnen die Beiden die Autotüren, der kalte
Regen prasselt auf sie ein. Schnell eilen sie mit
patschenden Schritten zum Diner. Mit einem
Klingeln von Glocken, die über der Eingangstür
hängen, öffnen sie die Dinertür und treten völlig
durchnässt in den Laden.

>>Ach du Schande, wie sieht ihr denn Beide aus?
<< ruft ihnen der ältere, dickliche Chefkoch und
gleichzeitige Besitzer, mit dem Namen Sam zu.

Sam der hinter dem weißroten Tresen steht, an
dem sich auch der Burgergrill befindet, kann sich
vor Lachen kaum mehr halten. Sam trägt eine
Typische weiße Kochschürze und darunter ein
leicht verfärbtes weißes T-Shirt. Er ist ein
Burgerbrater wie er im Buche steht. Er liebt seinen
Beruf und das Essen, was man ihm auch wirklich
ansieht.

>>Wir haben das Wetter nicht bestellt Sam! << ruft
ihm Jack freundlich zu.

 >>Ich weiß Jack, das Wetter hab nämlich ich
bestellt, als kleine Vorspeise<< erwidert Sam mit
einem herzlichen Lachen.

Jack schüttelt seinen Kopf und lacht leicht auf,
während er sich aus seiner durchnässten
Regenjacke kämpft.

>>Ich nehme an ihr habt Hunger, habe ich recht?
<<

>>Ja gewaltigen Hunger<< keucht Frank hungrig.
Er entledigt sich ebenfalls seiner nassen Jacke und
hängt sie an den Kleiderständer, der sich neben der
Eingangstür befindet.

 >>Ja Frank, du siehst Heute wirklich noch dünner
aus als sonst<< scherzt Sam albern. Er hat
meistens einen Spruch Auflager und scherzt
generell viel, jedoch ist er mit keinen so dicke, wie
mit Jack und Frank. Sie sind Jahrelange
Stammkunden, jedoch sieht Sam sie nicht als
Kunden, sondern als Freunde an.

 >>Noch dünner ist bei dem gar nicht möglich<<
fügt Jack lachend hinzu.

 >>Dann setzt euch mal, aber wehe ihr macht
meine Sitze dreckig<<

Jack und Frank laufen mit schweren Schritten zu
ihrem Stammplatz. Es ist ein Platz in der hintersten
Ecke des Diners. Es ist der perfekte Platz, von hier
haben sie alles im Blick und keiner sitzt hinter
ihnen, sodass sie auch privatere Themen
besprechen können, ohne belauscht zu werden.
Gerade als sie sich setzten kommt Rosemarie, eine
alte Dame mitten in ihren 60iger, mit schnellen
Schritten zum Tisch gelaufen. Sie ist die Ehefrau
von Sam, sie kümmert sich im Dinner um die

15

Bedienung, die Kasse und auch wenn Sam es nicht gerne zugibt, sorgt sie dafür das alles nach Plan läuft

>>nah ihr beiden, ihr seid ja ordentlich nass geworden<< sagt sie mit einer sanften Stimme und lächelt herzlich.

>>Ja, hat uns voll erwischt, wir wollten eigentlich schon früher los, aber Frank wollte ja unbedingt noch ein Grab ausheben<<

>>Oh, ist wer gestorben, oder was? << fragt Rosemarie besorgt.

>>Nein, aber Frank hat da wieder so eine Vorahnung...<< erwidert Jack flüsternd, während er sich nach vorne zu Rosemarie beugt.

Rosemarie verzieht besorgt das Gesicht, sie kennt die Beiden schon sehr lang und kennt Franks gewisse Vorahnungen.

>>Oh...okay...na gut<< sagt sie verunsichert, bevor sie schnell das Thema wechselt >> So, dann das gleiche wie immer? <<

>>Ja, wie immer! Oder hast du nen extra Wunsch Frank? <<

>>Nein, aber nen Kaffee wäre schön, aber ohne alles<< bittet Frank höflich, mit einem freundlichen Lächeln.

>>Okay, du auch nen Kaffee Jack? << fragt sie anschließend, wobei sie eigentlich die Antwort schon kennt.

>>Ja bitte, aber auch ohne alles<<

>>Okay ihr Beiden, Kaffee kommt sofort<<

Rosemarie geht mit schnellen Schritten in Richtung Tresen und ruft Sam die Bestellung zu.

>>Wie immer Sam, Cheeseburger, Pommes und Cola<<
>>Dann schieß mal los Frank, was hast du gesehen? <<

Frank sieht Jack mit einem bedrückten Gesicht an und guckt aus dem Fenster in den dunklen Gewitterhimmel, der über in die Nacht geht und langsam aufklart.

>>Ich weiß nicht genau Jack...aber ich fühle nichts Gutes....Irgendwas ist anders<< erwidert Frank besorgt.

>>Hm, was ist anders? Fühlst du nicht wer es sein könnte? Einen flüchtigen Gedanken? <<

Frank schüttelt langsam den Kopf, er will gerade etwas sagen, da kommt schon Rosemarie mit zwei Tassen Kaffee zum Tisch geeilt.

>>So, zwei Mal Kaffee, aber Vorsicht ist noch heiß, verbrennt euch nicht! << warnt sie die Beiden, mit einem freundlichen Lächeln.

Rosemarie stellt mit einem klappernden Geräusch, die Tassen mit einer geschickten Bewegung auf den Tisch.

>>Danke dir Rose<<

>>Wow, das ging schnell, danke Rose<< räuspert Frank, sein indirektes Kompliment.

>>Ja, die Burger kommen auch gleich<< sagt sie voller Elan.

Mit schnellen Schritten verlässt Rosemarie den Tisch.

Frank sieht Jack mit einem starren Blick an.

>>Hast du Whitney dabei? << fragt Frank, ohne eine Miene zu verziehen und völlig gleichgültig.

Jack hört die Frage und reist seine Augen für einen kurzen Moment weit auf. Er greift mit seiner rechten Hand, an seinen Hosenbund und fühlt den Griff seines Revolvers, dann lächelt er erleichtert.

>>Ich würde das Haus nie ohne Whitney verlassen<< sein Lächeln blitzt kurz auf, bevor sein Blick auf die Kaffeetasse fällt und er sich einen Schluck genehmigt.

>>Sehr gut...<< erwidert Frank langsam und nickt zuversichtlich.

>>Warum fragst du?... Du hast ja wohl hoffentlich nicht unser Grab Heute ausgehoben! <<

 >>Naja, es war ein großes Loch, zwei Mann hätten bestimmt darin Platz<< sagt Frank leicht besorgt.

Einen kurzen Moment sehen sich die Beiden Wortlos an, dann fangen sie an wie aus dem nichts zu lachen, so dass sich die wenigen Gäste des Diners, verwundert zu ihnen umdrehen.

 >>Hahaha, die Beiden die uns ins Jenseits befördern will ich sehen<< lacht Jack lautstark auf und schlägt mit der flachen Hand auf den Tisch.

>>Ich würde sie mit Ruby direkt ins Grab schicken<< fügt Frank, ebenfalls stark lachend hinzu.

>>Ich hoffe du hast Ruby auch dabei, hahaha<<

Frank sieht Jack grinsend an, er nickt langsam, auch er greift an seinen Hosenbund und fühlt den

Griff seines Colts. Im gleichen Moment kommt Rose mit den leckeren Burgern angeflogen und stellt sie geschickt auf den Tisch.

>>So Bitteschön! Euer Essen, lasst es euch schmecken! << Rosemarie lächelt freundlich, bevor sie wieder eilig den Tisch verlässt.

Kurz nachdem das Essen auf dem Tisch steht, fangen die Beiden an sich das Essen nur so reinzustopfen. Man kann sagen was man will, aber Tischmanieren haben Jack und Frank wirklich nicht. Sie stopfen sich das Essen rein, wie Eichhörnchen Nüsse in ihre Backen.

>>Ist nen echt guter Burger<< schmatzt Jack schwer atmen und nimmt den nächsten Biss.

>>Du sagst es, Heute ist er wieder wie immer…<< bestätigt Frank, während er sich eine Ladung Pommes in den Mund schiebt.

>>Heute mit Liebe gemacht! Oder Frank? << scherzt Jack mit vollem Mund.

So schnell das Essen fertig war, so schnell haben Jack und Frank aufgegessen, besser gesagt aufgefressen. Satt und völlig erschöpft, sitzen sie zurück gelehnt auf den roten, gepolsterten Sitzbänken. Mittlerweile ist der Abend angebrochen, die Straßenlaternen gehen an und im Diner brennt das grelle Licht der Neonlampen, die an der Decke hängen.

>>So...wollen wir uns auf die Heimreise begehen Frank? << kurz nach der Frage rülpst Jack völlig hemmungslos.

>>Ja... wird langsam spät, die Couch ruft<< erwidert Frank und gähnt mit weit geöffnetem Mund.

>>Rose, wir würden gerne zahlen<< ruft Jack in Richtung Tresen und hebt seinen Arm in die Luft.

Sam der hinter dem Tresen steht und gerade Pommes frittiert hebt seinen Kopf, verwundert guckt er die Beiden an.

>>habt ihr es eilig? Oder warum wollt ihr so früh weg, gibt`s wieder Ärger? << ruft ihnen Sam erstaunt zu. Normalerweise bleiben die Zwei länger, meistens spielen sie Karten oder diskutieren bis tief in die Nacht.

>>Bis jetzt nicht Sam!!... Aber der Tag war lang... das Bett ruft<< erklärt Jack mit einer müden Stimme, dann kann er sich nicht mehr halten und er reist sein Mund weit auf um zu Gähnen.

>>Ach auf euch zwei Junggesellen wartet eh Niemand, da könnt ihr doch ruhig noch etwas bleiben<< scherzt Sam. Er genießt die Anwesenheit der Beiden, es macht die sonst so monotone Arbeit

21

spaßiger. Manchmal wenn wenig los ist und gerade keine Bestellung reinkommt, setzt sich Sam zu den Beiden, um ein wenig zu quatschen. Eine solch enge Beziehung hat er sonst zu keinen seiner Gäste, wahrscheinlich weil sonst nur Durchreisende seinen Diner besuchen und er sie dann meistens nur einmal sieht.

>>Dafür haben wir unsere Ruhe nach Feierabend Hahaha<< sagt Jack lachend, er zieht seine Augenbrauen hoch und lächelt frech zu Rosemarie.

>>Hey vorsichtig Freundchen, bring ihn nicht dazu was Falsches zu sagen, sonst schläft er auf dem Sofa<< erwidert Rose lachend mit einer warnenden Geste und wirft ihrem Mann einen strengen Blick zu.

Sam lacht verlegen auf und hebt nur seine Schultern, während er eine weitere Ladung Pommes frittiert.

>>So, wer bezahlt denn heute die Rechnung? << ruft ihnen Rose zu, während sie zum Tisch läuft.

>>Weil ich so nett bin, übernehme ich heute die Rechnung<< antwortet Frank charmant.

>>Jaja, die Erde im Auto war auch nett<< fügt Jack mit einem frechen Lächeln hinzu.

Frank greift in seine Hosentasche, er holt einen zerknüllten Geldschein hervor und ein paar Münzen.

>> Hier bitte, stimmt so Rose<<

>>Dankeschön, war mir wie immer eine Freude<< sagt sie mit einem freundlichen Lächeln, anschließend räumt sie flink den Tisch ab und verschwindet hinter dem Tresen.

Jack und Frank stehen gleichzeitig vollgefressen und erschöpft auf, auf ihrem Weg nach Draußen verabschieden sie sich noch von Sam.

>>So Sam, dann sehen wir uns wahrscheinlich Morgen oder so<< ruft Jack ihm zu.

>>Ja mit Sicherheit, zieht euch dann aber ordentliche Klamotten an Hahaha<<

>>Morgen ist Samstag, da ziehen wir unsere schicke Abendkleidung an, mit Krawatte und Anzug und dem ganzen Unsinn<< erwidert Frank scherzend.

>>wahrscheinlich im Anzug, Jack würde nicht mal auf seiner eigenen Hochzeit nen Anzug tragen<< antwortet Sam lachend.

>>Wenn ich jemals heiraten sollte, findet die Hochzeit auf dem Friedhof statt<< erwidert Jack und lächelt leicht überheblich.

>>Dann viel Spaß beim Suchen! Die Frau, die da mitmacht, will ich sehen<< fügt Rose skeptisch hinzu.

>>Ach... wer sucht der findet! Dann machts gut<< Jack hebt seine Hand und öffnet die Eingangstür.

>>Wir sehen uns<< ruft Sam ihnen noch einmal zu.

Die Beiden verlassen den Diner und treten auf den dunklen Parkplatz, der nur leicht von den Laternen der Straße beleuchtet wird. Der Regen hat nachgelassen, jedoch ist der Boden immer noch aufgeweicht und macht bei jedem Schritt ein patschendes Geräusch. Auf dem Weg zum Pick-up, zündet sich Jack hustend die nächste Zigarette an. Mit einem klimpernden Geräusch holt Jack den Autoschlüssel aus seiner Jacke und schließt den Wagen auf. Völlig entkräftet vom langen Arbeitstag steigen sie ein und fahren auf der geraden Landstraße zurück in die Kleinstadt, in der die Beiden wohnen.

>>Wow Jack, guck dir mal den klaren Sternenhimmel an, kaum zu glauben bei dem Regen, den wir noch vorhin hatten. << staunt Frank

und blickt begeistert wie ein Kind, in den Nachthimmel.

Jack wendet seinen Blick von der Frontscheibe und blickt aus seinem Seitenfenster in den Himmel.

>>Ja tatsächlich, sieht echt schön aus, eigentlich müssten wir heute im Freien schlafen. Ich könnte mir die ganze Nacht die Sterne ansehen<<

Die Beiden Fahren durch die einzige Hauptstraße der kleinen Wüstenstadt. Die kleinen Kneipen und Bars sind mäßig gefüllt, jedoch lassen die bunten Reklameschilder der Lokale die Stadt bunt strahlen. Langsam rollen sie durch den Abendverkehr, vorbei an den einfachen, jedoch liebenswerten Einwohnern der gemütlichen Stadt. Jack biegt am Ende der langen Hauptstraße, die sich durch die komplette Stadt zieht, links auf eine verlassene, kaum beleuchtete Landstraße ab und fährt ein gutes Stück in die Wüste raus. In der Ferne kann man schon den Hof mit den zwei kleinen Häusern sehen, auf dem Jack und Frank zusammenleben. Jack fährt langsam auf den Hof und hält mit einem lauten quietschen der Bremsen an. Jack stellt den Motor ab und zieht mit einem lauten knacken die Handbremse an.

>>Trautes Heim, Glück allein<< sagt er erschöpft und kann es kaum erwarten endlich aus dem Auto zu steigen

>>Du sagst es<< stimmt Frank müde zu.

Zeitgleich öffnen die Beiden die Autotüren und steigen aus dem Pick-up.

>>Sehen wir uns dann nachher nochmal? << fragt Jack, während er zu seinem Haus läuft.

>>klar! Ich geh erst Mal duschen, bin dann nachher auf der Veranda<<

Die Häuser der Beiden haben die gleiche Größe und den gleichen Schnitt. Die Häuser haben zwei Etagen, auf der unteren Etage, befindet sich ein Wohnzimmer, Küche und Badezimmer. In den oberen Etagen, ist ein Schlafzimmer und ein zusätzliches Badezimmer. Die Häuser der Beiden stehen sich quer gegenüber, so dass man von Jacks Wohnzimmer, in Franks Wohnzimmer sehen kann und umgekehrt natürlich auch. Jack läuft die zwei Stufen auf seine Veranda hoch und schließt mit einem lauten *Schlack* seine Haustür auf. Mit knarrenden Schritten betritt er sein Heim. Er schaltet das warme, leicht orange Licht, der Deckenlampe an und läuft mit langsamen Schritten, direkt in die Küche. Jack öffnet die Tür von seinem alten, grünen, leicht rostenden Kühlschrank. Mit einem müden Blick guckt er in die mager bestückten Fächer, in denen nur ein paar halbvolle Flaschen aus Glas liegen und einzelne Becher Joghurt. Mit einem angewiderten Blick wendet sich Jack ab und entschließt sich lieber Kaffee zu kochen. Während die schwarze Brühe durch den Filter in die Kanne läuft, steckt sich Jack, die nächste Zigarette an und guckt aus dem Küchenfenster in die Nacht. Er nimmt ein paar tiefe Züge, während im Hintergrund das brühen des Kaffees zuhören ist. Als dieser endlich durchgelaufen ist, schüttet er sich den Kaffee, in eine alte Tasse, die er schon am Morgen benutzt hatte. Jack geht zurück in sein Wohnzimmer und setzt sich völlig ausgelaugt auf sein braunes, altes Sofa. Er will gerade den Fernseher einschalten, als er sieht wie ein Auto mit grellem Scheinwerferlicht auf den Hof fährt. Jack erhebt sich mit einem misstrauischen Blick vom Sofa, sofort greift er sich an seine Hose und zieht sein Revolver aus dem Hosenbund. Es ist nämlich in dieser Umgebung recht ungewöhnlich, unangemeldeten Besuch zu bekommen. Nur zu oft, hört man von seltsamen Psychopathen, die in der Wüste ihr Unwesen treiben und willkürlich Leute ermorden, oder von kleinkriminellen Verbrechern, die nachts in Häuser einsteigen. Geblendet vom Licht, verlässt Jack verwundert sein Haus und betritt seine Veranda. Er wird etwas nervös, als er sieht wie zwei Gestalten aus dem Auto steigen.

>>Wer ist da? Und was wollen Sie hier? << ruft Jack immer noch geblendet vom Licht, mit einer tiefen Stimme.

Direkt nach dem Jack seine Frage gestellt hat, bückt sich die rechte Gestalt in die Fahrerseite des

Autos und stellt das Licht ab, nun kann Jack endlich sehen wer da vor ihm steht. Es sind zwei Männer in Anzügen, mit Krawatte und Hut. Die Beiden sehen aus als wären sie von der Mafia, oder aus der Chefetage von irgendeiner Bank, skeptisch guckt der Fahrer des Autos Jack an.

>>sind Sie Jack? Jack der Totengräber?<< ruft ihm der Fahrer der schwarzen Limousine leicht verunsichert zu.

>>Ja, der bin ich! Aber Sie sollten mir besser sagen, wer Sie sind, bevor ich ihnen ein Loch verpasse! << erwidert Jack unbeeindruckt und spuckt provokant auf den Boden.

Jack hebt seinen Revolver und zielt auf den Mann mit einem entschlossenen Gesichtsausdruck, sofort hebt dieser erschrocken seine Hände. Jack fackelt in solchen Situationen nicht lang, schließlich kennt er keinen der Männer und er weiß nur zu gut wie so etwas enden kann, Gangstern kann man nicht trauen!

>>Keine Sorge Jack, wir wollen nichts Böses, Joseph schickt uns! Er sagte Sie können uns bei einem Problem behilflich sein. << versucht der Fahrer Jack zu erklären und hofft das er ihn etwas beruhigen kann.

>>Joseph? Dynamit-Joseph? << ruft Jack lautstark.

>>Ja genau der...Dynamit-Joseph! <<

Jack steckt ein wenig verwundert seinen Revolver
zurück in den Hosenbund. Er will gerade zu den
Herren laufen, um zu hören was sie wollen, als
Frank wie ein Verrückter aus seinem Haus stürmt
und mit seiner Flinte in die Luft schießt. Die beiden
fremden Gangster zucken zusammen und ziehen
ihre Köpfe erschrocken ein.

>>Was ist hier los? Wer seid ihr verfluchten
Pisser? << schreit Frank völlig durchgedreht, bereit
aufs Ganze zugehen.

Frank wirkt zwar auf den ersten Blick ziemlich ruhig
und harmlos, jedoch kann er bei Ärger ziemlich
gefährlich werden. Er ist auf jeden Fall Niemand
dem man auf der Nase rumtanzen kann,
abgesehen von seinem Neffen.

>>Keine Sorge Frank, scheinbar kennen sie
Joseph<< ruft Jack seinem Onkel unbeeindruckt
zu.

>>Dann bist du also Frank, wir haben viel von
euch Gehört<<ruft nun der Beifahrer interessiert
entgegen und nimmt wieder eine gerade
Körperhaltung ein.

Frank senkt seine Flinte und guckt die beiden
Fremden genervt an.

>>Und wer seid ihr Beiden? << ruft ihnen Frank entgegen, während er zügig zu ihnen läuft.

>>Ich bin Tommy, Tommy der Koch und mein Kollege ist Danny, Danny die Schraube<< stellt der Fahrer sich und seinen Kollegen selbstbewusst vor.

>>Danny die Schraube? << entgegnet Frank verwundert und verzieht sein Gesicht.

Anschließend blickt er rüber zu Jack und wirft ihm einen fragenden Blick zu, zeitgleich laufen die Beiden weiter auf die zwei ungebetenen Störenfriede zu.

>>Und was führt euch so spät zu uns? << fragt Jack mit einem strengen Gesichtsausdruck.

>>Nun ja, wir haben gehört das ihr auf einem Friedhof arbeitet…und Dinge verschwinden lassen könnt<< erwidert Thommy der Koch vorsichtig und leicht zögernd.

Jack sieht rüber zu seinem Onkel, die Beiden sehen sich leicht angewidert an. Es stimmt zwar, Jack und Frank lassen Dinge verschwinden, jedoch nur für Leute, die sie sehr gut kennen und sie wissen das es nun ja, Gründe gab.
Jedoch ist es für sie immer ein Job mit einem bitteren Nebengeschmack. Doch leider sind sie auf diese zusätzliche, man kann sagen Drecksarbeit angewiesen, da es leider finanziell, nicht gerade gut

bei ihnen läuft. Deshalb haben sie angefangen Leute zu vergraben, die offiziell nicht tot sind. Es ist wirklich eine Schande, zu was einem die Geldnot treiben kann.

 >>Ja, wir lassen Dinge verschwinden, aber nur für gute Freunde und ich kann mich nicht daran erinnern euch zwei jemals gesehen zu haben<< antwortet Frank gereizt.
Er hat sich so sehr auf einen entspannten Abend auf dem Sofa gefreut.

 >>Das wissen wir, aber Joseph hat uns zu euch geschickt, es ist wirklich dringend<< entgegnet Danny die Schraube mit einer geradezu frechen Selbstverständlichkeit, als müssten Jack und Frank ihnen diesen Gefallen tun.

 >>Dann zeigt mal was ihr habt<< antwortet Jack abgeneigt, aber was soll er sonst machen, sein Kühlschrank ist schon wieder fast leer, denkt er sich.

Die Vier versammeln sich um den Kofferraum des schwarzen Autos, Jack und Frank haben einen nervösen Blick. Sie ahnen nichts Gutes, mit leicht zugekniffenen Augen blicken sie auf den Kofferraum. Tommy greift währenddessen an den Kofferraumhebel, langsam öffnet er diesen mit einem Lauten *Klack*. Jack und Frank verziehen ihre Gesichter und wenden sich angewidert vom Kofferraum ab. Sie ahnten es schon, im Kofferraum liegt eine Leiche. Es handelt sich scheinbar um einen Mann im mittleren Alter, ebenfalls gekleidet im Anzug. Der Mann hat ein verzogenes Gesicht, jedoch hat er noch eine normale Hautfarbe und ist noch nicht grau geworden. Zudem riecht er noch nicht nach Verwesung, was darauf schließen lässt, dass er noch nicht lange tot sein kann.

>>Verdammte Scheiße! Was habt ihr gemacht? << fragt Jack die Zwei und blickt sie vorwurfsvoll an.

>>Ey Ey Ey! Uns wurde gesagt ihr seid verlässlich! Der Kollege hat sich halt nen paar Kugeln gefangen, nichts Besonderes, scheißt euch mal nicht ein<< spottet Danny unverschämt und ohne jegliche Anzeichen von Reue.

>>Vorsicht du Wurm, vergiss nicht wer hier wem helfen soll! << erwidert Frank wütend und richtet seinen Zeigefinger warnend auf Danny.

>>Was? Wen nennst du hier Wurm du...<< Danny läuft auf Frank zu.

>>Halt die Fresse Danny! Entschuldigung, er meint es nicht so<< fährt Thommy seinen Freund an und versucht die Lage zu beruhigen.

>>Ja ja, schon gut...<< entgegnet Jack und versucht seinen Onkel mit einem Schulterklopfer zu beruhigen.

Jack kratzt sich am Kinn, er blickt rüber zu seinem Pick-up.

>>gut, wir können euch helfen, aber das kostet was! Wo habt ihr ihn gekillt? Hat man die Schüsse hören können? Und wie lange ist das her? << fragt Jack mit einer erstaunlichen Kompetenz. Wenn es ums Geschäft geht, macht er keine halben Sachen.

>>Keine Ahnung ob jemand die Schüsse gehört hat, wir haben ihn gerade umgelegt und sind dann direkt zu euch gefahren<< erwidert Danny ignorant. Entweder hat er keine Angst erwischt zu werden, oder es scheint ihm einfach nur komplett egal zu sein.

>>Was? Was seid ihr für erbärmliche Amateure, ihr führt die Fährte einfach zu uns<< schreit Frank, völlig fassungslos von so einem Leichtsinn.

>>beruhigt euch.... uns ist Niemand gefolgt, wirklich! Und die Schüsse hat auch keiner gehört<< versucht Thommy zu erklären und hofft das sie ihm glauben werden.

Jack und Frank sehen sich verschreckt an, sie sind sich ziemlich unsicher, was sie von den zwei seltsamen Gangstern halten sollen.

>>Okay, wir kümmern uns drum, aber wie gesagt es kostet was<< sagt Jack wiederwillig.

>>gut, wo sollen wir ihn ablegen? << fragt Danny ungehalten.

>>Ablegen? Nein Nein, so läuft das nicht, ihr seid viel zu auffällig gewesen. Die Leiche bleibt in eurem Auto, wir fahren jetzt zu unserem Friedhof und ihr folgt uns unauffällig, mit einem großen Abstand. Wenn euch die Bullen anhalten, sagt ihr ihnen das ihr allein unterwegs seid! <<

Wiederwillig gehen die zwei seltsamen Gangster auf Jacks Plan ein, eine andere Wahl haben sie sowieso nicht. Frank und Jack laufen mit schnellen Schritten zu ihrem Pick-up, Jack holt mit leicht zittrigen Händen eine Zigarette aus der Packung hervor und steckt sie sich in den Mund. Er will sie sich gerade anzünden, da unterbricht ihn Frank.

>>gib mir auch eine<< fordert er.

>>Was? Wirklich? Du hast seit Jahren nicht mehr geraucht<<

>>Ja, aber ich kann jetzt gut eine gebrauchen, diese zwei Sch***** regen mich schrecklich auf<<

Jack hält Frank die offene Zigarettenpackung hin, sofort nimmt sich dieser gierig eine Zigarette. Jack zündet sich seine Zigarette nervös an und überreicht Frank sein Feuerzeug. Sie steigen mit einem unguten Gefühl in den Pick-up. Frank nimmt die ersten Züge und muss leicht husten.

>>HAHAHAH, verdammt Frank, was ist los? << lacht Jack amüsiert auf.

hust >>Wie kannst du dir das freiwillig antun, scheiße<< keucht Frank mit einem roten Kopf.

>> das ist halt was für echte Kerle und keine Weicheier<<

Jack startet den Motor des Pick-ups und fährt langsam los, während Frank weitere tiefe Züge von der Zigarette nimmt. Mit einem großen Sicherheitsabstand fahren sie durch die klare Nacht zum Friedhof.

>>Also Frank, was meinst du? << angespannt und aufgeregt fährt Jack unkonzentriert durch die Straßen.

>>Zu den zwei Vollidioten? <<

>>Ja! Was hältst du von ihnen<<

>>Mir gefallen die Beiden überhaupt nicht. Ich weiß nicht Jack, aber irgendwie habe ich bei denen ein ungutes Gefühl, wir hätten ihnen nicht helfen sollen<<

>>Ich weiß, aber wir brauchen das Geld. Sobald wir auf dem Friedhof ankommen, sollten wir sie nicht aus den Augen lassen<<

>>Eine unüberlegte Bewegung dieser Schraube Danny und ich schieß ihn über den Haufen. Was ist das überhaupt für ein dummer Name ,,Danny die Schraube,,? Für was ist der bekannt? Das er gut mit dem Schraubenzieher umgehen kann? << schimpft Frank vor sich her. Er meint die Aussage vollkommen ernst, jedoch muss Jack laut auflachen als er dies hört.

>>scheiße Frank, keine Ahnung, vielleicht. Er ist auf jeden Fall nicht so lange dabei, so dumm wie der sich verhält<<

>>Wenn er weiter so übereifrig ist, wird er es nicht lange in diesem Business machen...<<

>>Ach das kannst du so nicht sagen Frank, weiß du noch wie ich früher drauf war, als ich noch grün hinter den Ohren war. Man, ich hatte gedacht nur weil ich für Gino Zigaretten Schmuggel, dass ich sowas wie der Pate sei. <<

>>Ja, daran erinnere ich mich genau! Wie du die Straßen auf und ab gelaufen bist und diesen Blick, den du dabei hattest. <<

Während die Beiden in der dunklen Fahrerkabine sitzen und durch die fast leere Hauptstraße der Stadt fahren, schweift Jacks Blick ständig in den Rückspiegel, um den Wagen der beiden Gangster zu beobachten. Nach einiger Zeit verlassen sie die

Kleinstadt und kommen auf die im Gegensatz zur Stadt kaum beleuchtete, breitspurige Bundesstraße, die vorbei am Diner zum Friedhof führt. Jack tritt das Gaspedal durch und vergrößert angespannt den Abstand zu den Gangstern. Einen kurzen Moment spielt er mit dem Gedanken die zwei abzuhängen und sie einfach orientierungslos zurückzulassen, jedoch kann er nicht auf das Geld verzichten. Sie nähern sich dem Friedhof mit einem großen Abstand zu den zwei anderen, mit einem quietschenden Schrei der Bremsen, hält Jack vor dem Friedhofstor an. Sofort nach ihrer Ankunft steigen Jack und Frank zügig aus ihrem Auto aus und verschwenden nicht mal einen kurzen Gedanken auf die Gangster zu warten, schließlich wollen sie etwas von ihnen. Jack schließt das alte, leicht angerostete Friedhofstor auf und drückt es mit einem lauten quitschenden Geräusch auf. Auf dem Friedhof ist es stockduster und eine unheimliche, fast schon gespenstische Ruhe liegt über den Gräbern, gepaart mit einem weißen, leichten Schleier. Jack und Frank laufen geradewegs zum Geräteschuppen, der am Anfang des Friedhofs steht. Sie schließen den Schuppen auf und Jack schaltet über einen alten, grauen Stromkasten die kleinen Laternen des Friedhofs an. Gerade als das Licht der weißen Laternen den Friedhof erhellen, rollen schon die beiden seltsamen Ganoven mit ihrem Auto an und bleiben mit einer scharfen Bremse genau vor dem Friedhofstor stehen.

>>Na gut, bringen wir es schnell hinter uns…<< brummt Frank genervt und hofft das sie ihre Schandtat schnell über die Bühne bringen.

>>Ja, ich bin froh, wenn das hier vorbei ist<< bestätigt Jack mit Sorgenfalten in seinem Gesicht.

Sie schnappen sich noch zwei Schaufeln aus dem Geräteschuppen, dann laufen sie zurück zum Friedhofstor, wo sich gerade Danny mit Hilfe von Thommy die starre Leiche über seine Schultern wirft. Die Beiden wirken dabei nicht gerade zimperlich, was Frank und Jack leicht anwidert. Entweder haben sie öfters mit Leichen zutun und haben sich dran gewöhnt tote Körper anzufassen, oder sie sind einfach komplett abgebrühte Psychopathen.

>>So und wohin jetzt? << fragt Danny angestrengt, während er immer noch versucht den Toten auf seiner Schulter aus zu balancieren.

>>kommt mit, ihr habt glück! Frank hat heute Morgen schon ein Loch ausgegraben<< erwidert Jack nervös.

Die Vier laufen, ohne ein weiteres Wort zu wechseln, über den geteerten Friedhofsweg, bis zum Ende des Friedhofs, wo die Leiche hoffentlich ihre letzte Ruhe finden wird. Mit großen Augen bleibt Danny vor dem Loch stehen.

>>Wow, ist ne ziemlich große Grube...<< sagt er mit einer seltsamen Begeisterung.

>>Du sagst es, da passen auf jeden Fall mehr als zwei rein<< stimmt ihm sein Kollege mit einem unheimlichen Grinsen zu.

>>Ja ja, quatscht nicht so lange rum und legt den armen Kerl in die Grube<< fordert Frank ungeduldig. Er kann sich das Trauerspiel kaum ansehen.

Kurz darauf läuft Danny mit leicht wackligen Schritten an die Kante der Grube. Er geht leicht in die Hocke und lässt die Leiche wie einen nassen Sack in das dunkle Loch fallen. Es fließt Frank und Jack ein unangenehmer Schauer über den Rücken, als sie den Dumpfen Aufschlag der Leiche hören.

>>gut...dann könnt ihr jetzt noch das Loch zuschaufeln<< Frank streckt ihnen die Schaufeln entgegen und meidet den direkten Blickkontakt.

>>Hey nicht so schnell, ich dachte ihr kümmert euch um das Verschwinden der Leiche<< erwidert Thommy und sieht sie fragend an.

Auf diese freche Aussage antwortet Frank mit einem finsteren Blick, er will gerade antworten, da wird er von Denny aggressiv unterbrochen.

>>Scheiß drauf Thommy, am Ende müssen wir es
sowieso zuschütten<<

Thommy & Danny

Thommy sieht Danny mit einem entschlossenen
Blick an, sie nicken sich zu und in der gleichen
Sekunde, greifen sie zeitgleich in die Innentaschen
ihrer Sakkos. Bevor Jack und Frank überhaupt
reagieren können, haben sie zwei Pistolen mit
Schalldämpfern auf sich gerichtet. Jack und Frank
reißen von dem überwältigen Schreck, die Augen
weit auf! Jedoch geht alles so schnell, dass die
Beiden keine Chance haben zu reagieren. Zwei
schnelle Schüsse werden abgefeuert und hallen mit
einem dumpfen, leicht pfeifenden Geräusch über
den dunklen Friedhof. Wie in Zeitlupe, fallen Jack
und Frank wie einstürzende Gebäude in sich
zusammen, bevor sie nach hinten auf ihre Rücken
fallen. Die Beiden liegen regungslos in der nassen
Wiese, eine kurze Zeit herrscht Stille, bis Danny es
nicht mehr aushält und die Emotionen rauslässt, die
sich in ihm aufgebaut haben.

>>WOW! Scheiße! Verdammt! <<

Danny schüttelt es am ganzen Körper und er läuft
vor Aufregung hin und her.

>>beruhige dich mal, oder willst du das wir auffliegen! Lass uns die Beiden schnell in das Loch werfen und verschwinden. <<

Die beiden skrupellosen Verbrecher sind wirklich abgebrüht! So abgebrüht, wie ein heißer Kaffee der gerade dampfend aus einer Kanne geflossen kommt. Ohne einen Funken von Reue werfen sie Frank und Jack in die tiefe Grube, zu ihrem vorherigen Opfer der Nacht.

>>Okay...lass uns schnell das Loch zu schütten und von hier verschwinden<< keucht Thommy angestrengt und wischt sich den Schweiß von der Stirn.

>>meinst du sie sind auch wirklich tot Thommy? <<

>>natürlich... und wenn nicht, werden sie es in den nächsten Stunden sein<< erwidert Thommy eiskalt.

Hecktisch und unkontrolliert schippen die skrupellosen Killer das Loch zu, wobei sie die Erde in der gesamten Umgebung verteilen. Sorgfältigkeit sieht anders aus, aber was soll man auch erwarten, schließlich sind die Beiden keine Bestatter und sie wollen schnellst möglich von dem Friedhof verschwinden. Zudem ist es ihnen völlig egal, ob drei Tote eine respektvolle Bestattung bekommen. Gesagt getan, nach der letzten Schaufel Erde, rennen sie über den leicht beleuchteten Friedhof zurück zu ihrem Auto und steigen in Windeseile ein. Mit durchdrehenden Reifen fahren sie los und lassen den Friedhof hinter sich zurück. Die Beiden fahren mit einem schnellen Tempo in Richtung Stadt. Plötzlich schimmert in der dunklen Fahrerkabine des Autos ein blaues Licht, dass kurz da ist und wieder verschwindet, bevor es wieder aufleuchtet. Thommys Unterbewusstsein hat längst realisiert, was dort so aufdringlich aufleuchtet. Seine Nackenhaare stellen sich auf, noch bevor er in den Rückspiegel sieht und einen Polizeiwagen erkennt, der aus der Dunkelheit geschossen kommt und ihnen immer näherkommt.

>>Scheiße Danny, die Bullen! << schreit Thommy verzweifelt auf, während er versucht das Auto weiter zu beschleunigen.

Dannys gelassenes, man könnte fast sagen dummes, unwissendes Gesicht, was vollkommen entspannt scheint, als ob ihm nichts passieren könnte, ändert sich schlagartig. Danny reist seine Augen auf, er hebt seinen Kopf und guckt hektisch in den Seitenspiegel.

 >>VERDAMMT…wo kommen diese Drecks Bullen schon wieder her? << ruft er voller Panik.

Thommy drückt das Gaspedal bis zum Anschlag nach unten, jedoch beschleunigt ihr Wagen nicht schnell genug und das Polizeiauto rast an ihnen in einem enormen, todesmutigen Tempo vorbei und lässt ein schneidendes Geräusch der Luft zurück. Die beiden Polizisten rasen an ihnen vorbei und fahren einfach weiter, so dass sie fast wieder in der dunklen Nacht verschwinden. Einen Moment lang scheint es für die Beiden so, dass die Polizisten sie vielleicht gar nicht anhalten wollten, sondern zu einem anderen Einsatz unterwegs waren. Jedoch bremst der Polizeiwagen in der Ferne, mit einer leichten Drehung schlagartig ab, sodass die Polizisten ihnen genau den Weg versperren. Thommy zieht daraufhin hektisch die Handbremse hoch und gibt sein bestes den Wagen zum Stehen zu bringen, bevor sie in das Polizeiauto krachen. Die Reifen ihres Autos schreien laut und quietschen fürchterlich, sie kommen ins Schleudern. Unkontrolliert rutschen sie über die Fahrbahn, sie haben ihre Augen bereits zugekniffen und warten nur noch auf die Kollision mit dem Polizeiwagen. Doch wie bei einem Wunder überschlägt sich ihr Auto nicht und ihr Wagen bleibt kurz vor den Polizisten stehen. Völlig benommen öffnen sie ihre Augen und können nicht glauben, dass sie den Unfall vermeiden konnten.

>>Scheiße Thommy, ich geh nicht in den Knast, nein! << sagt Danny leise, alles dreht sich vor seinen Augen.

>>Wir sind zu weit gekommen, um in den Knast zu gehen<< erwidert Thommy mit trüben Augen, während er versucht die Polizisten im Auge zu behalten.

Thommy sieht ängstlich und bedrückt rüber zu Danny, ihre Blicke treffen sich. Sie sehen sich wehleidig in die Augen, sie wussten was sie nun tun wollten, jedoch war ihnen klar, dass es vielleicht heute Nacht zu Ende geht. Sie nicken sich ein letztes Mal an, dann heben sie ihre Waffen, laden sie mit einer schnellen Bewegung nach und springen aus dem Auto.
 >>fangt die Kugeln, ihr kleinen Ratten<< schreit Danny voller Adrenalin.

Er fängt an los zu schießen, jedoch ist er viel zu hektisch, weshalb seine Kugeln ziellos durch die Nacht pfeifen und keinen einzigen Polizisten treffen. Auch Thommy ist ziemlich überhastig und verschwendet seine Kugeln an die Nacht. Die Polizisten hingegen befinden sich in einer guten Position, sie haben sich jeweils hinter einer aufgeschlagenen Autotür, gut in Deckung gebracht und geben kontrollierte Schüsse ab. Der Schusswechsel nimmt gerade an Fahrt auf, da trifft Danny eine Kugel tödlich und er geht langsam zu Boden. Thommy bekommt vor lauter Adrenalin nichts davon mit. Mit zu gekniffenen Augen schießt er wild umher, jedoch trifft ihn auch eine Kugel fatal! Er sinkt langsam zu Boden, wie ein Schiff, welches von Wasser geflutet wird und senkrecht in die Tiefe gleitet.

Tim & Jerry

Einen kurzen Augenblick ist alles still, zögerlich erheben sich die beiden Polizisten. Das flackernde Blaulicht streicht leicht die Straße und sie sehen wie die Zwei tot am Boden liegen. Der schlanke etwas größere Polizist dreht sich zu seinem Kollegen um, der etwas kleiner und kräftiger ist.

>>Ich glaube sie sind tot Jerry…<< sagt er bedrückt zu seinem Kollegen.

>>Ja, das ging besser über die Bühne als gedacht. Wir fordern besser Verstärkung an<< erwidert sein unsportlicher Kollege und wischt sich mit einem Tuch, den Angstschweiß von der Stirn.

Tim nickt Jerry zu, im gleichen Moment greift er an sein Funkgerät, das er an seiner linken Oberen Brusttasche befestigt hat und gibt einen Funkspruch durch.

>>Wagen 205c an Zentrale, bitte melden<<

---->>Wagen 205c, hier spricht die Zentrale! Was kann ich für Sie tun? <<----

>>Wir hatten einen Schusswechsel mit 2 toten, bitte Einsatzleitung und Krankenwagen schicken. Unser Standort ist, Highway West Road, etwa 1,5 Kilometer nördlich vom Diner<<

---->>verstanden Wagen 205c! Wir schicken die Einsatzleitung und einen Krankenwagen sofort los<<----

Nachdem Tim den Funkspruch beendet hat geht er zu Jerry, der bereits die Leichen von Danny und Thommy näher betrachtet.

>>sieht übel aus Tim, ich frag mich woher die Beiden kommen, ihre Klamotten sind voller Erde<< stellt Jerry fest, während er die Beiden inspiziert.

>>Hast du schon im Auto nachgesehen? <<

 >>Nein, aber bestimmt lässt sich dort etwas finden<<

Tim holt seine Taschenlampe hervor und leuchtet in den Wagen der beiden Killer. Das weiße Licht erhellt den Wagen nur dürftig und Tim erkennt nur einige Beutel, die auf dem Rücksitz liegen. Doch irgendwas zieht ihn in Richtung Kofferraum und er beschließt als erstes dort nach zu sehen. Vorsichtig läuft er um das Auto herum, er kann seinen Blick nicht von dem Innenraum des Wagens abwenden. Immer wieder schwenkt er seine Taschenlampe und durchleuchtet den Wagen, bis er zum flachen Kofferraum gelangt. Mit einem lauten knacken öffnet er diesen, der helle Strahl der Taschenlampe fällt ins Innere. Tim durchleuchtet den Kofferraum und sofort fällt ihm ein großer, roter Blutfleck auf. Es ist der Blutfleck der Leiche, die Thommy und Danny durch die Nacht transportiert hatten.

>>Jerry komm schnell her, dass muss du dir ansehen! << ruft Tim aufgeregt während er den Blutfleck begutachtet.

Jerry hebt seinen Kopf und läuft mit langsamen, schweren Schritten, neugierig zu seinem Kollegen.

>>Was gibt es denn? << fragt er mit einer lauten Stimme.

>>Schau dir mal diesen Blutfleck an! Erinnerst du dich an die Schüsse, die wir bei der Lagerhalle gehört haben? Wahrscheinlich haben sie wirklich jemanden erschossen und die Leiche im Kofferraum transportiert<<

>>Macht Sinn, deswegen haben wir die Blutspuren gefunden, aber keine Leiche<< Jerry guckt angeekelt den Blutfleck an, der in der Mitte vom Kofferraumboden leicht angetrocknet festklebt.

>>Ich glaube wir sind da an was ganz großen dran Jerry...<< sagt Tim leise und bedacht.

Die Zwei unterhalten sich ein wenig über den Vorfall, als schon die Wagen der Mordkommission und der Wagen des Polizeichefs der kleinen Stadt angerast kommen, gefolgt von einem Krankenwagen. Sofort wird die Straße und der

Tatort großräumig mit gelben Polizeiband abgesperrt, während die Spurenermittler erste Beweise sichern. Trubel bricht auf der sonst so leeren Straße aus und man spürt die Hektik in der Luft. Der Polizeichef Randy läuft direkt auf die Beiden zu, die perplex vor dem geöffneten Kofferraum stehen und voller Erwartungen sind. Der Polizeichef ist ein dicker Mann, der schon außer Atem kommt, wenn er von seinem Schreibtisch zu dem Kaffeeautomaten läuft, der im Flur der Polizeistation steht. Mit stampfenden Schritten läuft er schweratmend zu Tim und Jerry, während dessen wischt er sich mit einem kleinem Stofftuch den Schweiß von seiner Stirn.

>>Männer, was ist hier vorgefallen? ich hoffe nicht, dass ihr zwei unschuldige Zivilisten erschossen habt! << ruft er keuchend.

Tim und Jerry sind noch nicht lange bei der Polizei, sie haben erst vor wenigen Monaten ihre Polizeiausbildung abgeschlossen und als Neuanfänger haben sie es nicht gerade leicht.

>>Nein die Beiden hatten Waffen, sie haben das Feuer zuerst auf uns eröffnet! Wir vermuten das sie vom Friedhof kommen, schauen Sie sich mal hier den Blutfleck im Kofferraum an<< erklärt Jerry

Der Polizeichef Randy will gerade zu dem Kofferraum laufen, um einen Blick hinein zu werfen, da kommt ein FBI-Agent, mit schnellen Schritten auf die drei zu gelaufen. Er ist das genaue Gegenteil von dem alten, unförmigen Polizeichef. Vor ihnen steht ein junger, drahtiger Mann mit einer gegellten Frisur, wie die eines schmierigen Geschäftsmannes. Mit einem ernsten Gesichtsausdruck starrt er Jerry und Tim an.

>>FBI-Agent James mein Name! Wisst ihr zwei wen ihr da erschossen habt? << fragt er zackig und voller Elan.

 >>Nein…aber ich kann ihnen versichern, dass die Beiden zuerst auf uns geschossen haben…<< Tim versucht sich hektisch zu erklären.

Der FBI-Agent sagt zu nächst keinem Wort, er starrt nur stumm auf die Beiden und mustert ihr verhalten. Dann hebt er leicht seine Augenbrauen bevor er zu sprechen beginnt.

>>Das waren Danny die Schraube und Thommy der Koch! Die Beiden sind im Untergrund sehr bekannte Killer und Geldeintreiber, dass gerade zwei gewöhnliche Polizisten wie ihr sie dran bekommt, gleicht einem Wunder. Ihr habt dem Staat eine Menge Steuergelder erspart <<

Diese abwertende Aussage trifft Jerry und Tim leicht, jedoch sparen sie sich eine Antwort darauf, schließlich würden sie für eine gepfefferte Antwort wahrscheinlich eine Abmahnung oder noch schlimmer eine Suspendierung bekommen.

>>Wir haben die Vermutung das die Beiden eine Leiche transportiert haben, sehen sie sich mal den Blutfleck im Kofferraum an. << Jerry verweist erneut auf den Kofferraum.

Mr. James bleibt jedoch angewurzelt wie ein Soldat geradestehen und guckt Jerry mit einem arroganten Gesichtsausdruck an.

>>Darüber müsst ihr euch keine Gedanken mehr machen, mein Team wird diesen Fall übernehmen...<<

>>Aber wir können ihnen helfen, schließlich haben wir die Beiden den halben Abend verfolgt! << entgegnet Jerry aufgeregt.

Der genervte FBI-Agent kneift seine Augen leicht zu und guckt finster, bevor er sich besinnt leicht zu lächeln.

>>Nein, meine Männer und ich übernehmen den Fall! Lehnt euch zurück, macht am besten Feierabend<<

>>Randy!! schicken Sie ihre beiden Männer in den Feierabend, den haben sie sich schließlich verdient<<

>>Er hat recht Jungs, es war wirklich viel für eine Schicht, macht Feierabend. Lenny und Pablo übernehmen einfach eure Schicht<<

>>Aber Sir, unsere Schicht ist noch lange nicht zu Ende...<<

>>Jungs! ich mag euch, wirklich! Aber wenn ich euch sage macht Feierabend, dann macht ihr Feierabend! Fahrt jetzt zurück zur Zentrale! <<

Wiederwillig verlassen Tim und Jerry den Tatort und steigen in ihren Einsatzwagen.

>>Mist....warum schicken die uns einfach weg, als ob wir nichts dazu beitragen könnten, schließlich haben wir die Beiden zur Strecke gebracht! << schimpft Tim aufgebracht nach dem er seine Autotür lautstark zuschlägt.

>>Ich weiß, dieser arrogante FBI-Agent hat uns wie zwei Trottel behandelt<<

Jerry wirft den Motor an und sie entfernen sich langsam von dem Tatort. Sie fahren durch die Nacht in Richtung der kleinen Wüstenstadt. Eine Zeitlang herrscht Stille im Auto. Tims Gedanken kreisen sich um den Fall und es lässt ihn nicht locker. Immer mehr Fragen stauen sich in Ihm auf und er fragt sich ob es wirklich richtig war, einfach den Fall abzugeben.

>>Jerry...weißt du was ich komisch finde? <<

>>Nein, aber bestimmt erfahre ich es jetzt...<<

>>Warum ist dieser Oberkommissar nicht auf den Blutfleck im Kofferraum eingegangen? <<

>>Weil seine Leute sich darum kümmern! Du hast doch gemerkt das er von unseren Vermutungen nichts hält, er hält uns einfach für zu dumm...<<

>>Für dumm hält er uns, dass weiß ich, aber ich habe da ein ungutes Gefühl<<

>>Oh man Tim, ich glaube du verrennst dich da in etwas<<

>>Ich weiß nicht Jerry, mein Gefühl sagt mir da stimmt was nicht. Lass uns mal zum Friedhof fahren<<

>>ZUM FRIEDHOF? <<

>>Ja, zum FRIEDHOF!<<

>>Was willst du da, hast du jetzt den Verstand verloren? Tim, wir hatten gerade einen tödlichen Schusswechsel, vielleicht sollten wir uns wirklich erstmal ausruhen und einen klaren Kopf bekommen<<

>>Scheiße Jerry, seit wann bist du so ein Opfer? Bist du tatsächlich deswegen Bulle geworden, damit du dir sowas gefallen lässt. Diese zwei Psychopathen kamen vom alten Friedhof, bestimmt haben sie dort die Leiche entsorgt<<

>>Ach Tim, ich weiß nicht, ich glaube du...<<

>>Was glaubst du? <<

>>Scheiß drauf, fahren wir zum Friedhof, aber ich sage dir du wirst dort nichts finden<<

Jerry fährt an den Straßenrand und bremst leicht, er dreht das Lenkrad bis zum Anschlag nach links und wendet.

>>Wir fahren am besten den Umweg über den alten See, sonst kommen wir am Tatort vorbei<<

Jerry nickt bestätigend und biegt auf eine kleine schmale Straße ab. Viele Unebenheiten und Schlaglöcher befinden sich auf der sandigen, staubigen Landstraße, weshalb die Beiden in ihrem Polizeiwagen ordentlich durchgeschüttelt werden. Kurz bevor sie an dem alten See ankommen, begradigt sich die Straße und es scheint so als würden sie nur so über die Straße gleiten. Dann erscheint ihnen der unheimliche, stille See auf der linken Seite, in dem sich verlegen die Sterne auf der sanften Wasseroberfläche spiegeln. Einige Trauerweiden und Büsche wachsen um den See herum, jedoch nur sehr bescheiden, sodass man einen guten Blick auf den See bekommt, wenn man an ihm vorbeifährt. Ein leichter Nebel beginnt sich langsam seinen Weg über den See zu bahnen und verschleiert sein stilles, dennoch tiefes Gewässer, dass so manches Geheimnis birgt. Tim und Jerry bekommen Gänsehaut, als sie an dem See vorbeifahren und einen Blick auf diesen werfen.

>>Irgendwas stimmt mit diesem See nicht...<< flüstert Jerry leise.

>>Ich weiß, als ob er verdammt ist. Jedes Mal, wenn ich dran vorbei fahre habe ich das Gefühl das, dass Irgendwer am See steht. << flüstert Tim ebenfalls.

>>Kaum zu glauben Tim, dass wir früher immer hier gespielt haben...<<

>> Ja, wenn man bedenkt wie viele Kinder schon in diesem See ertrunken sind<<

>>Scheiße Tim, siehst du das? << erschrocken deutet Jerry mit seinem Finger auf den See.

>>Was? Wo siehst du was? <<

>>Da vorne! Steht da nicht Jemand? << Jerry zeigt erneut auf und fuchtelt wild mit seinem Finger in der Luft herum.

Jerry wird immer langsamer und lässt den Wagen ausrollen. Die Beiden lehnen sich vor und probieren ihr Bestes, um etwas in der Dunkelheit zu erkennen. Tatsächlich sehen sie eine Gestalt, die scheinbar am See steht.

>>Schnell Jerry, mach den Motor aus<< zischt Tim aufgeregt.

Jerry schaltet den Motor ab und stellt das Licht des Wagens aus, die Person am See hat die Beiden scheinbar noch nicht bemerkt.

>> lass uns mal sehen wer das ist, kein normaler Mensch ist um diese Uhrzeit am See<<

Langsam steigen die Beiden übermüdeten Polizisten aus dem Wagen. In einer leicht geduckten Haltung schleichen sie zu dem See und geben ihr Bestes keine Geräusche von sich zu geben. Sie kommen dem See langsam näher und bemerken das es sich bei der Person um einen Mann handelt, der scheinbar irgendwelche Kisten in dem See versenken will. Mit einer schnellen Bewegung erheben sich die Beiden schwunghaft und schallten ihre Taschenlampen ein.

>>POLIZEI JAMESTOWN, KEINE BEWEGUNG! << schreit Tim bedrohlich und verstellt seine Stimme leicht, sodass diese tiefer klingt.

Der Mann hat mit den Polizisten nicht gerechnet, er gibt einen schrillen Schrei von sich, bevor er zusammenzuckt und eine Kiste, die er in der Hand hält zu Boden fallen lässt. Geblendet von dem starken, weißen Licht der Polizeitaschenlampen, hält sich der Mann die Hände mit ausgestreckten Armen vor sein Gesicht.

>>Was ist hier los? << fragt der Mann mit einer zittrigen, aber dennoch rauen Stimme.

 >>Sagen Sie uns lieber was hier los ist! Wir sind von der Polizei und fragen uns was man hier um diese Uhrzeit, mit Kisten an einem See verloren hat? << ruft Jerry dem erschrockenen Mann entgegen.

>>Daa ..Daa...Das kann ich ihnen erklären...wirklich...<<

 >>Verraten sie mir erst einmal ihren Namen! << fordert Jerry mit ernster Stimme.

>>ich...ich Ähm... ich heiße Frank. <<

Tim und Jerry halten ihre Taschenlampen weiter auf den dicklichen, älteren Mann. Er hat eine kreisrunde Halbglatze und an den Seiten lange braune Haare. Er trägt dunkelgrüne Gummistiefel, dazu eine alte, helle, weiße, dreckige Latzhose und darunter ein rot kariertes Hemd. Er sieht im Grunde genommen genau so aus, wie ein

Südstaatenbauer. Seine leeren, ahnungslosen Augen, lassen schon erahnen das er nicht die hellste Kerze auf der Torte ist, jedoch würde ich ihn nicht unterschätzen und genau das bemerkt im Moment auch Jerry. Er weiß genau wen die Beiden da vor sich haben. Jahre schon spricht man von ihm, seiner Polizei Akte und davon wie sehr man ihn endlich für all seine Taten einsperren würde. Jedoch fehlen die nötigen Beweise und auf Zeugen kann man sich in dieser seltsamen Stadt nicht verlassen. So kam es das dieser Gauner, nie mehr als fünf Jahre im Knast sitzen musste. Doch nun hatten sie ihn vielleicht auf frischer Tat ertappt.

>>könntet ihr vielleicht die Taschenlampen nicht in mein Gesicht halten? <<

Tim und Jerry nehmen die bitte wiederwillig an und halten ihre Taschenlampen etwas nach unten, jedoch noch so dass sie die Umgebung und den Man ausreichend beleuchten.

 >>Also, ich frag Sie jetzt noch einmal, wie ist ihr Name? << fragt Jerry erneut.

>>Ich heiße Frank! <<

 >>Ach ja!? Für mich siehst du aus wie Joseph, Dynamit-Joseph! <<

Der Mann zuckt kurz zusammen und schaut Jerry verwirrt an, man kann in seinen Augen sehen wie er überlegt, jedoch keine Ausrede für seinen Aufenthalt am See findet.

>> Also Joseph, was machen Sie hier mit den Kisten? << unterbricht Tim sein verdächtiges Schweigen.

>>ÄHM, ich sammele Steine...<<

>>Steine? Um 1 Uhr nachts? Öffnen sie mal die Kisten<< fordert Tim ungeduldig und baut noch mehr Druck auf.

Joseph schaut die Polizisten mit großen Augen an, langsam fällt sein Blick runter auf die Holzkiste, die vor ihm liegt. Die Kiste hat ungefähr die Größe von einem Schuhkarton.

>>Wird`s bald<< fährt Jerry ihn erneut an.

Joseph hebt seinen Kopf und blickt Jerry verloren an, dann bückt er sich langsam und öffnet die Kiste. Jerry und Tim richten gespannt ihre Taschenlampen auf diese. Sie staunen nicht schlecht, als sie den Inhalt der Kiste sehen. In der Kiste befinden sich tatsächlich Dynamitstangen, gefüllt bis zum Rand. Seinen Spitznamen trägt Joseph nicht umsonst.

>>scheiße, das ist ja Dynamit! << staunt Tim mit offenem Mund.

>>Ich habe es doch geahnt. Was hast du krankes Schwein mit dem Dynamit vorgehabt? Wolltest du die Kisten im See versenken, oder was? <<

Joseph sieht die Beiden mit einem leicht schmerzverzogenen Gesicht an, man kann die Ratlosigkeit in seinen Augen sehen.

>>Ich...Ich kann das erklären, wirklich! <<

>>Du musst uns einiges erklären! Aber ich verspreche dir, dieses Mal kommst du nicht mehr aus dem Knast<< erwidert Jerry. Er kann es kaum erwarten Joseph festzunehmen, wie gerne würde er ihn für immer hinter Gitter bringen.

>>Nein! Ich kann nicht schon wieder in den Knast<<

Tim und Jerry ziehen ihre Waffen und richten sie auf Joseph.

>>Hände hinter den Kopf und auf die Knie! <<

Joseph schüttelt seinen Kopf und hebt seine Hände leicht hoch.

>>Halt Stopp mal, ich habe doch nichts verbrochen, für was wollt ihr mich festnehmen? <<

>>Komm schon Joseph, stell dich nicht quer, du weißt doch wie das abläuft<< erwidert Jerry laut.

>>Okay Okay, wartet! Ich kann euch Infos geben, ich erzähl euch alles was ihr Wissen wollt, aber bitte schickt mich nicht in den Knast<<

Tim und Jerry schauen sich kurz an, vielleicht könnte Joseph ihnen tatsächlich Informationen geben, die ihnen in ihrem Fall weiterhelfen könnten. Schließlich ist er bekannt in der Unterwelt.

>>Du kommst erst Mal mit in unser Auto! Sind das alle Kisten, oder hast du noch Irgendwo hier welche rumliegen? <<

>>Nein nur diese zwei Kisten, ich schwöre! <<

Jerry zieht seine linke Augenbraue hoch, er glaubt Joseph kein Wort. Mit gezogener Waffe läuft er zu ihm und legt ihm die Handschellen an.

>>nimm du die Kisten Tim, ich begleite Joseph zum Wagen<<

Wiederwillig zerrt Jerry, Joseph zum Polizeiauto, während Tim die Kisten mit Dynamit übereinander gestapelt zum Wagen schleppt.

>>Rein in den Wagen! <<

Jerry zieht die hintere Tür auf und drückt Joseph angestrengt auf die Rückbank, was nicht gerade leicht ist, da Joseph wirklich sehr stattlich ist, besser gesagt, er ist ziemlich dick. Zudem stellt er sich mit Absicht schwerfällig an, um Jerry das Leben zusätzlich zu erschweren.

Keuch >>verdammt, jetzt steig schon ein...du verdammter...<<

Tim bekommt das ganze Elend natürlich mit, während er die Kisten in den Kofferraum legt. Er muss leicht lachen, als er durch die Heckscheibe blickt und Joseph sieht, wie er halb gequetscht im Wagen sitzt. Er hört wie Jerry flucht, während er weiter versucht, Joseph in den Wagen zu drücken. Lachend schließt Tim den Kofferraum und läuft um das Auto herum.

 >>Na Jerry, brauchst du Hilfe? <<

Jerry bekommt schon einen roten Kopf und drückt mit seiner gesamten Kraft gegen Josephs Schulter, die immer noch aus dem Auto ragt.

 >>Du hast es so gewollt Joseph<< sagt Tim leise, während er seinen Kopf schüttelt.

Er drückt Jerry leicht zur Seite und signalisiert ihm das er Platz machen soll. Jerry sieht Tim verwirrt an, macht ihm jedoch den Weg frei. Tim geht daraufhin ein paar Schritte nach hinten. Joseph der halb im Wagen ist, bemerkt dies und blickt Tim verwundert an. Dann rennt Tim mit einem erstaunlichen Sprint, wie aus der Kanone geschossen los. Mit einem aus gestrecktem Bein springt er gegen Joseph, der von dem schweren Tritt, in den Wagen fliegt und nun auf der Rückbank verschwindet. Direkt nach diesem ästhetischen Bruce Lee kick, schlägt er die Autotür mit einer schwunghaften Bewegung zu.

>> So macht man das! <<

Jerry sieht Tim erschrocken an, so kennt er seinen Kollegen überhaupt nicht.

>>Tim? Alles gut? <<

>>Ja ja alles gut! Lass uns verschwinden, dieser Ort hat eine komische Aura. Ich fahre! <<

Jerry nickt Tim zu und ist immer noch leicht verwundert, dann steigen sie zurück in das Auto. Zeitgleich drehen sie sich nach hinten um, um nach Joseph zusehen. Schließlich war es ein heftiger Kick. Doch zu ihrer Erleichterung, scheint es Joseph recht gut zu gehen. Er rümpft seine Nase und guckt die Beiden leicht eingeschüchtert an, während er halb auf dem Rücksitz liegt.

>>Was habt ihr jetzt mit mir vor, ihr verrückten Bullen? Ich werde euch wegen Polizeigewalt verklagen! <<

>>Halt deine Klappe Joseph, sag uns lieber was heute Nacht hier los war und warum du Dynamit im

See versenken wolltest? << unterbricht Jerry ihn leicht aggressiv.

>>Das ist eine Lüge! Ich wollte kein Dynamit versenken ihr habt keine Beweise<<

>>hör mir mal zu Joseph, willst du in den Knast? Wenn nicht, solltest du uns erzählen was du weist...dann lassen wir dich vielleicht frei<<

>>Ja Joseph, du solltest uns lieber erzählen was du weißt<<

Als Tim dieser Satz über die Lippen geht, zuckt Joseph leicht zusammen und guckt ihn erschrocken an. Jerry fällt dies sofort auf, noch nie hatte er erlebt das Joseph vor jemanden Angst hat. Doch nun sah es so aus, als ob er tatsächlich Respekt vor Tim hat. Ausgerechnet Tim, der eigentlich eher zurückhaltend und schüchtern ist.

>>Ja Joseph, du solltest vor meinen Kollegen wirklich Angst haben. Weißt du, er ist nämlich ziemlich skrupellos. Einer von diesen korrupten Bullen, die aus den Großstätten, von denen man manchmal in der Zeitung liest, die einfach mal jemanden verschwinden lassen. <<

Jerry guckt rüber zu Tim und lässt ihm zu verstehen, dass er mitspielen soll. Tim zögert kurz und schaut verunsichert in Josephs Augen.

>> Ja Joseph, so ist es! Du solltest lieber reden, bevor ich komplett meine Fassung verliere<<

Kurz nach dem Tim den Satz mit einer vorgetäuschten Aggression über seine Lippen zischen lässt, täuscht er einen ruckartigen Schlag an, in dem er seinen Arm nach hinten zieht und seine Faust hebt. Reflexartig dreht Joseph sein Gesicht weg und zuckt erschrocken zusammen.

>>OKAY OKAY! Ich sag euch was ich weiß, aber schickt mich nicht in den Knast<<

Joseph dreht langsam seinen Kopf zurück und sein leicht rötliches Gesicht, mit den Sommersprossen kommt wieder zum Vorschein.

>>Also, alles fing am Abend an! Die Sonne war gerade untergegangen und ich war in meiner großen Scheune, wo ich an meinem Traktor rumgeschraubt habe, als plötzlich ein Schwarzes Auto auf meine Ranch kam. Das Auto hatte ich vorher noch nie gesehen, genauso wie die zwei Typen, die aus den Wagen stiegen. Sie waren glaub ich Großstädter. Die haben gestrahlt wie ein goldenes Ei, mit Anzug, Hut und allem was dazu gehört, man sahen die gut aus. Sie sahen echt aus, wie frisch aus dem Ei gepellt...<<

>>Wir haben es verstanden Joseph, sie hatten Anzüge an, wir haben es verstanden! Sag uns

lieber was sie wollten! << unterbricht Jerry ihn
genervt.

>>Nun ja, ich weiß nicht…

>>RAUS MIT DER SPRACHE, oder ich zieh dich
eigenhändig in die ZELLE! <<

>>Okay Okay…also die Beiden haben auf mich
einen komischen Eindruck gemacht. Sie sind
angekommen und das erste was sie mich gefragt
haben ist, ob ich Jack sei. <<

>>Wer zum Geier ist Jack? << unterbricht ihn Jerry
erneut.

>>Darauf kommen wir gleich zurück. Ich fragte sie,
warum sie das wissen wollen. Ihr müsst wissen, er
meint Jack den komischen Kautz, der den Friedhof
betreibt, bei dem auch sein Onkel Frank arbeitet.
<<

>>Ja die Beiden kennen wir! Was wollten sie denn
von denen? << fragt Tim ungeduldig nach.

>>Naja, ihr müsst wissen das Frank und Jack
bekannt sind…bekannt auch mal Leute zu
vergraben, die nicht offiziell tot sind<<

>>Was? Diese zwei alten Säcke? Ich meine
komisch finde ich sie ja auch, aber dass sie so was
machen würden…<< erwidert Jerry erstaunt.

>>Ja, es lief immer perfekt! Kein Polizist würde Leichen auf einem Friedhof suchen, ich meine da liegen ja schon genug Tote hahaha und jeder weiß es<<

Joseph lacht laut auf. Tim und Jerry wissen nicht was sie widerlicher finden sollen, die Tatsache, dass es Menschen gibt die Ermordete auf einen Friedhof mit anderen Verstorbenen vergraben, ohne dass es jemand weiß, oder dass es wirklich noch ein Unmensch gibt, der darüber lacht.

>>Wir haben es verstanden, sprich endlich weiter<<

>>Also, es stellte sich heraus, dass diese zwei feinen Stadtkerle einen umgelegt hatten, und nun zu Jack und Frank wollten. Ich frage mich aber woher zwei Städter wissen, dass bei den Beiden Leichen verschwinden…<<

>>Und was hast du ihnen gesagt? << unterbricht Tim erneut.

>>Was sollte ich schon sagen, ich habe ihnen erklärt wer ich bin und hab sie dann zu Frank und Jack geschickt. Das hätte ich nicht tun dürfen...<<

Joseph senkt langsam seinen Kopf und wird still.

>>Warum? Was ist passiert? <<

>>Ich hatte schon von Anfang an, ein schlechtes Gefühl bei den Beiden. Verdammt... diese zwei Missgeburten. Sie haben Jack und Frank einfach erschossen, ohne mit der Wimper zu zucken. <<

Tim und Jerry bekommen Gänsehaut, sie sehen Joseph geschockt an. Es ist für sie befremdlich ihn so zu sehen, wie er Tränen vergießt.

>>Wo haben sie Frank und Jack erschossen? <<.

>>Naja, so nach einer halben Stunde nach dem die Männer gegangen sind, habe ich ein ungutes Gefühl bekommen. Ich habe mir das alles nochmal durch den Kopf gehen lassen. Warum sollten Gangster aus der Großstadt, das hohe Risiko aufnehmen und raus aufs Land fahren, um Zwei Leute zu suchen die für sie eine Leiche entsorgen, obwohl die sich nicht einmal kennen. Also habe ich mich auf den Weg zum Friedhof gemacht. Ich bin über den alten Feldweg, zum Friedhof gefahren. Der Mond stand ganz gut, so konnte ich ein bisschen was sehen. Ich habe mich an den rostigen Friedhofszaun gestellt...und dann...<<

>>Und dann, was hast du gesehen? << fragt Tim gespannt.

>>Nun ja, Jack, Frank und diese zwei Typen standen vor einem großen Loch. Ich frag mich ob es ein Grab sein sollte. Ich meine in den letzten

Tagen ist ja niemand aus der Stadt gestorben, soweit ich weiß. Aber Frank spricht, naja jetzt wohl eher sprach öfters davon, dass er manchmal etwas spürte und einfach angefangen hat ein Grab zu buddeln, obwohl noch Niemand gestorben war. Meistens sind dann irgendwelche Leute in derselben Woche, oder manchmal sogar ein paar Stunden, nachdem er die Löcher grub gestorben, die dann in diesen beerdigt wurden. Ich glaube Jack war so ne Art Hellseher oder so. Auf jeden Fall standen sie vor dem Loch und diese zwei Irren, ich weiß nicht mal wie sie heißen, haben eine Leiche in das Loch geschmissen, ohne Hemmungen, als wäre der Kerl ne Mülltüte. Danach haben sie Jack und Frank erschossen, einfach so, ohne Grund<<

>>Die beiden sollen wohl bekannt sein. Der eine hieß Thommy der Koch, der andere Danny die Schraube. Wir kannten die zwei eigentlich auch nicht, aber so ein FBI-Agent meinte das die Beiden wohl üble Mörder waren<< erklärt Jerry.

Joseph hebt seinen Kopf und schaut Jerry mit einem misstrauischen Blick an.

>> Ich habe noch nie von ihnen gehört, das waren bestimmt Auftragsmörder von der Regierung<<

>>Schwachsinn Joseph, wir haben die Beiden erschossen! Wenn es wirklich so sein sollte,

würden wir jetzt nicht vor dir sitzen<< erwidert Tim
ungläubig.

>>Was? Ihr habt sie erschossen? << Josephs
Augen weiten sich, es sieht fast so aus als ob er
sich freuen würde.

>>Ja haben wir, kurz nach dem sie den Friedhof
verlassen haben<< bestätigt Jerry nickend.

>>Ja, ich habe mitbekommen das die Polizei
unterwegs ist, deswegen bin ich ja auch zum See,
um schnell mein Dynamit zu versenken. Ich dachte
die zwei würden alles ausplaudern…<<

>>Eher im Gegenteil, die haben sofort ihre Waffen
gezogen, um uns abzuknallen<< seufzt Tim mit
einer leisen Stimme.

Einen Augenblick lang herrscht Ruhe im Auto,
verlegen gleitet das Mondlicht in den Wagen und
lässt alles friedlich erstrahlen, dann bricht Jerry das
schweigen.

>>Vielleicht kriegen wir ja mehr raus, wenn wir
wissen wen Thommy und Danny umgebracht
haben<<

>>Würde mich auch interessieren<< stimmt Tim
erwartungsvoll zu.

>>Ja das solltet ihr auf jeden Fall machen. Da ich euch jetzt alles erzählt hab was ich weiß, kann ich gehen? << Joseph gibt sein bestes zu entkommen. In Wirklichkeit hält er dies für eine Schwachsinnige Idee, doch erhofft darauf das sie ihn gehen lassen, wenn sie tatsächlich zum Friedhof fahren.

>>kommt nicht in Frage Joseph, noch ist der Fall nicht abgeklärt, am Ende hast du uns nur verarscht<< enttäuscht ihn Jerry.

Bevor Joseph noch ein Argument entgegenbringen kann, fährt Tim mit quietschenden Reifen los. Die leere Landstraße, die von allen guten Geistern längst verlassen wurde, ist übersät mit Unebenheiten. Tim probiert zwar möglichst vielen Schlaglöchern und Hoppeln auszuweichen, jedoch ist er ziemlich unkonzentriert, weshalb er nur mäßigen Erfolg hat. Abwechselnd knallen die Drei gegen die Innenseite der Autotüren, oder werden durch einen Hoppel an das Autodach geworfen, wo sie sich dann ihre Köpfe stoßen. Langsam, aber sicher treibt es sie in den Wahnsinn. Am meisten nervt es Jerry und Joseph, die als Beifahrer natürlich der Meinung sind, dass es Tims verschulden ist, er ein schlechter Fahrer ist und sie es besser können würden.

>>Verdammte Scheiße Tim, musst du in jedes Schlagloch fahren? Ich schlag mir als die Birne an<< beschwert sich Jerry lautstark.

>>Scheiße ja, wenn du weiter so machst kotz ich euch in den Wagen<< ruft Joseph angestrengt, da er die ganze Zeit sein Gleichgewicht halten muss, ohne dass er seine Hände benutzen kann.

>>wollt ihr mich verarschen, diese Straße ist eine reine Katastrophe, alle zwei Meter ist ein Loch<< schnauft Tim wütend.

>>Ja Tim, aber man kann die Löcher auch umfahren...<< erwidert Jerry.

>>Umfahren? Wie, wenn die Straße ein einziges Schlagloch ist? <<

>>Er hat recht, man muss die Löcher umfahren<< stimmt ihm Joseph zu und probiert die Stimmung weiter anzuheizen.

>>Was willst du denn eigentlich da hinten? Aber gut Jerry, wenn du meinst das du es besser kannst<<

Schlagartig bremst Tim beleidigt ab, wütend zieht er die Handbremse an und schaltet in den Leerlauf. Jerry und Joseph sehen Tim geschockt an.

>>Was haste denn vor Tim? << fragt Jerry leicht ängstlich.

>>Was? Du fährst jetzt weiter, denkst du ich lass mich hier von euch fertig machen. Ich will mal

sehen wie du es schaffst, allen Schlaglöchern auszuweichen<<

>>Aber Tim....<< versucht Jerry ihn noch zu beruhigen.

>>Nichts aber, du fährst jetzt! <<

Wütend schnallt sich Tim ab und öffnet mit einem starken Ruck die Fahrertür, bevor er aufbrausend aussteigt.

>>Jetzt hast du es aber geschafft, er wird uns alle umbringen<< scherzt Joseph verschmitzt.

Jerry dreht sich um, guckt Joseph schief an und runzelt seine Stirn.

>>Halt die Klappe Joseph<<

Jerry öffnet seine Autotür, wo Tim bereits ungeduldig wartet. Er steigt schnell und verunsichert aus, um Tim platzt zu machen. Der Fahrerwechsel geht reibungslos über die Bühne. Tim hat sich ein wenig beruhigt, als er sich in den Beifahrersitz fallen lässt und entspannt wartet bis Jerry losfährt.

>>So jetzt bin ich mal gespannt...<< räuspert Tim und schaut mit einem überheblichen Blick zu seinem Kollegen.

Jerry spart sich eine Antwort und fährt langsam los. Er konzentriert sich so gut wie es geht auf die Straße, um ja keine Unebenheit zu erwischen. Schließlich kann er sich nach seinen angeberischen Sprüchen, keinen Fehler erlauben, zu groß wäre die Schmach. Eine kurze Zeit scheint auch alles gut zulaufen, Jerry gibt sein bestes, jedoch schafft er es nicht jedem Loch auszuweichen und er nimmt die erste starke Bodenwelle mit. Alle drei werden hin und her geschleudert, sie kneifen ihre Augen zu und versuchen sich so gut es geht zu schützen. Tim fängt hämisch an zu lachen, nach dem er gegen die Innenseite seiner Tür prallt.

>>HAHAHA, Was los Jerry? Kannst du etwa nicht Auto fahren? Du musst den Schlaglöchern ausweichen! <<

Jerry ignoriert diese Bemerkung und versucht konzentriert weiter zu fahren, jedoch vergebens. Es dauert nicht lang und er fährt in die nächsten Löcher, immer und immer wieder.

>>Scheiße, du fährst ja noch schlimmer wie dein verrückter Kollege.... lasst mich mal fahren<< spottet Joseph auf der Rückbank und muss kichern wie ein kleines Kind.

>>Schnauze da hinten! Diese verdammte Straße, wer hat die überhaupt gebaut? Für was zahl ich Steuern, die sollen mal die scheiß Straße reparieren! << schimpft Jerry lautstark.

>>Diese scheiß Straße nutzt ja auch kein Mensch mehr, alle nehmen die neue Bundesstraße<< erwidert Joseph daraufhin.

 >>Drauf geschissen, da vorne kommt wieder die normale Straße<< ruft Tim in die Runde und deutet nach vorne.

Langsam rollen sie auf eine gut geteerte Bundestraße zu, die gerade durch die Wüste verläuft und nur leicht von Laternen beleuchtet ist. Jerry setzt den Blinker nach Links und will gerade auf die Straße fahren, als Tim laut schreit.

>>HALT STOP! <<

Jerry tritt reflexartig auf die Bremse und weiß zu nächst gar nicht warum Tim so laut schreit, bis er wie aus dem nichts, einen gewaltigen, schweren Lkw vorbei rasen sieht. Der Lkw saust mit einem lauten Dröhnen und einem langen Hupen vorbei. Jerrys Herz schlägt ihm bis zum Hals

 >>den habe ich gar nicht kommen sehen…<<

Jerrys Stimme ist zittrig, geschockt sieht er zu Tim, der mit großen Augen nach vorne auf die Bundesstraße blickt.

>>Ich glaub dein Kollege ist doch ein besserer Fahrer...<< ertönt eine leise Stimme von der Rückbank.

Zeitgleich drehen sich Tim und Jerry nach Hinten um. Sie starren Joseph ernst an, bevor sie anfangen müssen zu lachen, woraufhin Joseph erleichtert anfängt zu kichern.

>>scheiße hahaha, für Polizisten seid ihr aber ziemlich schräg drauf<<

>>wenn du wüsstest Joseph hahaha<<

>>erzähl ihm bloß nicht zu viel Tim....<<

Nach dem sich die drei Ausgelacht haben, biegt Jerry auf die gerade und gut ausgebaute Bundesstraße ab. Sie kommen dem alten Friedhof immer näher, langsam steigt die Nervosität. Aufgeregt klopft Tim immer wieder mit seinem Zeigefinger, vor ihm auf das Armaturenbrett. Das durchgehende schnelle Tacken seines Fingers, verläuft synchron mit dem rauschen des Motors. Jedoch hebt es sich leicht hervor und sorgt immer mehr für Aufregung, im Unterbewusst sein der Drei. Irgendwann wird es Joseph zu viel und er richtet sich von seiner halb liegenden Haltung auf.

>>Verdammt, klopfst du da als herum? <<

Joseph blickt mit einem suchenden Blick nach Vorne und sieht tatsächlich Tims Finger, der wie ein Specht Schnabel, durchgehend auf das Armaturenbrett klopft.

>>Was? Ach so<<

Tim hatte dies zuerst überhaupt nicht bemerkt, verwundert blickt er auf seinen Finger. Es fühlt sich für ihn kurz so an, als ob er keine Kontrolle über seine Hand hat. Es scheint ihm so als ob er nur ein stiller Beobachter wäre, dann erst überwindet er sich das Klopfen zu unterlassen. Er hebt seinen Kopf, in der Ferne kann er schon den Friedhof erkennen.

>>weißt du noch wo das Loch war Joseph? << fragt er schnell, um von dieser seltsamen Situation abzulenken.

>>Ja klar! Ganz am Ende, ihr könnt sogar auf der anderen Seite halten, da gibt es noch einen kleinen Zweiteingang zum Friedhof<<

Gesagt getan, Jerry fährt direkt zum hinteren Eingang des Friedhofs.

>>So los gehts, da wären wir << brummt Jerry leise.

>>Ich bleib im Auto sitzen, okay? <<

Jerry dreht sich nach dieser dreisten Aussage von Joseph schlagartig um >>kommt überhaupt nicht in Frage, du kommst schön mit! <<

Joseph zuckt kurz nach hinten >>Aber ich kann doch eh nicht mithelfen, ich habe Handschellen an! <<

Tim meldet sich daraufhin zu Wort >>egal, du kommst trotzdem mit! Wir lassen dich doch nicht aus den Augen, außerdem musst du uns das Loch zeigen<<

Tim und Jerry steigen aus, sie laufen in die Richtung des kleinen verrosteten Tores, als sie plötzlich bemerken das Joseph nicht bei ihnen ist. Sie drehen sich um und sehen wie er immer noch im Auto auf dem Rücksitz verkrümmt hockt und seinen Kopf schüttelt. Mit schnellen Schritten läuft Tim zu ihm und öffnet seine Tür.

Joseph sieht Tim fragen an >>Ihr seid ja lustig, wollt das ich mitkomme, vergesst aber, dass ich Handschellen trag und keine Türen öffnen kann! <<

Tim verdreht genervt seine Augen >>Ja ja, steig schon aus<<

Joseph schwingt sich hin und her, um seinen schweren Körper in die richtige Position zu bringen, damit er aussteigen kann. Nach großen Anstrengungen schafft er es endlich seine kräftigen

Beine aus dem Auto zu heben, was ohne Arme und Hände schon etwas kniffliger ist, hinzu kommt noch Josephs enormes Körpergewicht.

>>Na komm schon großer, auf drei...1...2...3<< feuert ihn Tim an.

Tim hilft Joseph in dem er ihm unter die Arme greift und ihn zusätzlich hochzieht. Mit vereinten Kräften schafft es Joseph dann endlich auf die Beine.

>>Danke dir, so ein Psycho scheinst du ja doch nicht zu sein<<

Joseph lächelt Tim mit einem breiten Grinsen an und hebt leicht seine dicken Lippen, sodass seine schiefen Zähne zum Vorschein kommen.

Tim lächelt kurz zurück >>Schon Gut, lass uns keine Zeit verlieren<<

Jerry wartet bereits ungeduldig am rostigen Tor.

>>Wird`s bald, die Nacht neigt sich langsam dem Ende. Wir sind schon viel zulange weg Tim, wenn die in der Zentrale davon mitbekommen, haben wir ein mächtiges Problem...<<

Mit einem lauten knarren und schrecklichen quietschen, öffnet Jerry das Tor. Es zieht ein leichter Wind auf, eine kurze Zeit stehen sie da und blicken verunsichert auf den alten Friedhof. Tim und Jerry holen ihre Taschenlampen hervor und knipsen sie an. Eine seltsame leere liegt über diesem, jedoch fühlt es sich so an als ob man beobachtet werden würde. Plötzlich wie aus dem heiteren Himmel, ertönt ein schreckliches quietschen, gefolgt von einem lauten Knall. Alle drei zucken zusammen, ihre Herzen fangen an wild zu schlagen, dann realisieren sie das es nur das alte Friedhofstor war, dass hinter ihnen zugefallen ist. Langsam laufen sie über den alten, steinigen Friedhofsweg entlang, hektisch sehen sie sich um, so ein Friedhof bei Nacht ist schon unheimlich.

Joseph lässt seinen Blick über die Gräber gleiten, bis er die Stelle wo einst das unförmige Loch lag, zwischen den Gräbern sieht >>Pscht hey, da vorne ist das Loch<<

Jerry dreht sich gespannt zu Joseph >>Wo? <<

>>Genau da! <<

Joseph deutet mit einer nickenden Kopfbewegung, zwei Mal in die dunkle Wiese links neben ihnen. Jerry folgt seinen verkrampften Bewegungen. Er schwingt seine Taschenlampe zwischen die Gräber und über die freie Wiesenfläche. Mit einem Mal gibt, das weiße, grelle Licht der Taschenlampe, die dunkle Umgebung frei und bringt Licht ins Dunkle. Tatsächlich, vor ihnen taucht ein großer, brauner Erdhaufen in der Wiese auf.

>>Scheiße, und da sollen sie liegen? << fragt Tim ungläubig.

Jerry leuchtet auf den zerwühlten Erdhaufen.
>>Was? Haben sie das Loch etwa vorher noch zu geschüttet? <<

>>Jap., so sieht es aus<<

>>Hm, wir bräuchten Schaufeln<< murmelt Tim und sieht wehleidig auf das unwürdige Grab.

>>Ich glaube hier müssten irgendwo noch die Schaufeln von den zwei Wixxern sein...<< erwidert Joseph.

Tim und Jerry leuchten daraufhin konzentriert die Wiese ab und halten Ausschau nach den Schaufeln, was allerdings etwas schwerer ist als gedacht. Sie sind komplett vertieft in ihrer Suche, weshalb sie die weichen Schritte im Gras, die sich ihnen nähern, komplett überhören. Nur Joseph bekommt mit, dass sie nicht allein auf dem Friedhof sind.

>>Pscht ey, hört ihr das nicht, hier ist irgendwer! << zischt er leicht panisch.

Verwundert blicken die Zwei auf, sie sehen wie Joseph hektische Kopfbewegungen in eine Richtung vollzieht. Sie versuchen seinen Deutungen zu folgen, sie leuchten mit ihren

Taschenlampen in die dunkle Ferne. Ein schreck Moment tut sich auf, tatsächlich scheint jemand auf sie zu zulaufen. Noch können sie Niemanden erkennen, jedoch hören sie nun die raschelnden Schritte.

>> Wer ist da? Gib dich zu erkennen! << schreit Jerry in die dunkle Ferne.

Seine Aufforderung hallt jedoch still und einsam über den Friedhof, zu nächst bleibt alles ruhig. Einen kurzen Augenblick vermutet Jerry das es sich vielleicht um ein Tier handelt. Doch dann hallt ihnen ein widerwärtiges Lachen entgegen.

>>Hey! wer auch immer du bist, du solltest dich besser erkenntlich machen, hier ist nämlich die Polizei! << schreit er erneut.

Es bleibt weiterhin ruhig, nur das Lachen ertönt wieder.

>>Aber aber...du willst doch nicht einen ranghöheren Kollegen einfach so erschießen...<<

Nun ist Jerry komplett verwirrt, genau wie Tim der angestrengt und mit zugekniffenen Augen in die Dunkelheit blickt und versucht etwas zu erkennen. Der Fremde kommt immer näher, bis er das Licht der Taschenlampen erreicht und er ins Licht tritt. Doch mit der Person, die nun ins Licht schreitet, hätten sie nicht gerechnet. Vor ihnen steht kein geringerer als Mr. James.

>>Was machen sie denn hier? << ruft Tim ihm verwirrt zu.

>>Ich frage mich eher was ihr zwei hier treibt? <<

Jerry macht ein verwirrtes Gesicht >>Ihr zwei? <<

Jerry blickt zu Tim, sie schauen sich nervös um, doch von Joseph sehen sie keine Spur.
>>Ja ihr zwei, oder hat sich hier noch jemand versteckt? <<

Mr. James wechselt von einem aufgesetzten Lächeln, zu einem ernsten, finsteren Blick.

>>Was macht ihr überhaupt hier? Hat man euch nicht vor knapp zwei Stunden nach Hause geschickt? <<

>>Ja... aber ähm... nun ja ...wir <<

>>Ja was? Was habt ihr hier verloren? <<

>>Jetzt machen sie mal halb lang! Ich meine das gleiche können wir sie auch fragen<< erwidert Jerry wütend.

>>ja genau, was haben Sie denn hier verloren? << entgegnet Tim ihm ebenfalls.

>>Oh nein, zu niedlich! So mutig hätte ich euch gar nicht eingeschätzt, also ich mach euch jetzt mal einen Vorschlag. Ihr geht jetzt einfach zurück in die Zentrale und beendet nun euren Dienst, aber dieses Mal auf dem direkten Weg, oder ich melde es der Staatlichen Behörde. <<

>>Warum wollen sie unbedingt das wir aufhören in diesem Fall zu ermitteln, was haben sie zu verbergen<< schreit Tim.

>>vertraut mir, geht einfach nach Hause<<

>>Nein, erst wenn sie uns sagen was hier los ist<< erwidert Jerry skeptisch.

Mr. James blickt die Beiden mit einem genervten Gesichtsausdruck an, dann dreht er sich einfach um.

>>Was soll ich in eure Akte schreiben? << fragt er gelassen.

>>In unsere Akte? << fragt Tim verwirrt.

>>In eure Akte! Bezüglich Todesursache<<

>>Was...sind sie verrückt geworden? <<

>>hätte ja sein können das ihr euch etwas Ehrenhafteres als verblutet wünscht...aber naja<<

Mr. James hält seine Pistole, die er unbemerkt aus seinem Halfter gezogen hat in der Hand. Er legt seinen Zeigefinger auf den Abzug, dann dreht er sich mit einer schnellen Bewegung um. Alles passiert so schnell und unerwartet, dass Jerry und Tim keine Zeit zum Reagieren haben. Der abgebrühte FBI-Agent feuert zwei schnelle und unmenschlich präzise Schüsse ab, die so tödlich sind, dass Tim und Jerry tot umfallen. Nun liegen sie da, nachts auf einem Friedhof, tot! Jedoch nicht in einem Sarg, sondern vor einem matschigen Loch, in dem ebenfalls drei ermordete liegen. Was für eine Schande!

Joseph & Clyde

Zur gleichen Zeit rennt Joseph quer über den Friedhof, sein Herz schlägt ihm bis zum Hals, seine Lunge brennt schon und er hat Tränen in den Augen. Er zuckt zusammen als er die Schüsse hört, in dem Wissen das Tim und Jerry wahrscheinlich erschossen wurden. Sein schwerer Körper macht es ihm kaum mehr möglich zu rennen, jedoch ist sein Lebenswille stark und er quält sich zum Ausgang des Friedhofs. Doch zum Ausruhen bleibt ihm keine Zeit, er läuft weiter am Rand der Straße, die in Richtung der Stadt führt.

>>Scheiße, ich muss zum meinem Hof! Clyde muss mir diese scheiß Handschellen zerschlagen<< keucht Joseph vor sich hin.

Er läuft abgeschlagen die Straße entlang und droht jeden Moment zu kollabieren. Er sieht nach Hinten, als er in der Ferne das Rauschen eines Autos hört, dass sich ihm scheinbar nähert.

>>Scheiße, wer auch immer das Auto fährt, er muss mich mitnehmen! << flüstert er sich selbst zu.

Das Auto kommt immer näher, Joseph atmet schwer, es ist die Erschöpfung und die Aufregung. Er muss es schaffen das, dass Auto anhält, es ist wahrscheinlich seine letzte Chance, um nicht in den Knast zu wandern. Joseph läuft mit seinen dicken, baumklotzähnlichen Beinen auf die Mitte der Straße. Das Auto fängt an mehrmals zu Hupen, es ist ein alter, dunkelgrüner Kombi. Am Steuer sitzt ein verpeilter Jugendlicher, der gerade von einer Party kommt und deswegen schon völlig verwirrt ist. Unkontrolliert und perplex hält der junge Fahrer an und gibt eine Lichthupe ab. Er kurbelt sein Fenster runter und streckt seinen Kopf aus der Scheibe, als er bemerkt das Joseph ihm keinen Platz machen will.

>>EY, was isn mit dir schief, du stehst mitten auf der Straße<<

Joseph kann sein Glück nicht fassen, ein junger verpeilter Jugendlicher, diesen kann er mit Leichtigkeit ausnutzen, besser könnte es ihn nicht treffen. Joseph läuft aufgeregt zum Fenster und versucht so gut es geht seine Handschellen zu verbergen, was bei dem Fahrer, der schon einiges intus hat, nicht schwer ist.

 >>Hey kleiner, du musst mich mitnehmen, es ist ein Notfall! Mein Auto ist kaputt<< erklärt Joseph schwer atmend.

>>Oh Shit, wie isn das passiert...aber ich weiß nicht ob ich sie mit nehmen sollte<< verunsichert blickt ihn der junge Mann an.

>>Was? warum nicht? << zischt Joseph. Er muss sich zusammenreißen, dass er nicht ausrastet und seinen Retter noch am Ende verschreckt.

>>Naja, haben sie noch nie was von diesen Killern gehört, habe ich erst gestern in so na Doku gesehen, die sind echt krass unterwegs<< nuschelt der Junge unverständlich.

>>Man sehe ich aus wie ein Killer? Nun nimm mich schon mit<< erwidert Joseph panisch und hofft das diese Diskussion bald sein Ende nimmt.

>>Ich weiß nicht…<<

>> Ach ja und was machst du, wenn mich so ein Killer nun erwischt, weil du mich nicht mitgenommen hast? <<

Der zugedröhnte Junge reißt seine Augen weit auf, scheinbar hat diese Aussage ihm eingeleuchtet und sein benebelter Verstand sagt ihm, dass er Joseph doch besser mitnehmen sollte. >>Hm, okay, steigen sie ein. << murmelt er.

>>Danke kleiner, du musst mir aber die Tür aufmachen<< Joseph verzieht sein Gesicht und ahnt schon das nun weitere Fragen folgen werden. Er will doch nur so schnell es geht nach Hause!

Tatsächlich kommt die nächste Frage prompt. >>Hä, warum das? <<

>>siehst du nicht wie meine Arme nach hinten geklappt sind? Das kommt von dem Unfall, den ich gerade hatte. << erklärt Joseph verzweifelt und hofft das er diese Antwort einfach hinnimmt.

>>Oh scheiße, sie hatten nen Umfall? Wie isn das passiert? <<

Joseph kann sich kaum mehr beherrschen >>Scheiße ja, natürlich hatte ich einen Umfall, deswegen sollst du mich doch mitnehmen! <<

Der verpeilte junge Mann nickt langsam mit seinem Kopf. >>Ja man<< nuschelt er, dann steigt er ungeschickt aus. Er guckt Joseph mit leicht schielenden, müden Augen an.

>>Scheiße bist du fett<< sagt er leise vor sich hin.

Dann läuft er taumelnd zur Beifahrerseite, gefolgt von Joseph. Er öffnet in einer seltsamen Haltung die Tür. Joseph geht so an ihm vorbei das er mit dem Rücken immer weg gedreht von dem Jungen ist, in der Hoffnung das er die Handschellen nicht sieht. Dann setzt sich Joseph ungeschickt in den viel zu engen Beifahrersitz, wobei das ganze Auto wackelt.

>>Nichts für ungut, aber sie müssten echt mal abnehmen, scheiße...<< beschwert sich der junge Mann.

>>Nun mach schon die Tür zu, wir haben nicht ewig Zeit<< fordert Joseph entnervt.

>>Äh, können sie nicht mal die Tür schließen? <<

Nach dieser Aussage kann sich Joseph nicht mehr halten. >>Ich habe dir doch gesagt das meine Arme gebrochen sind! Guck mich doch mal an, läuft so ein normaler Mensch? <<

>>Ähm nein, eigentlich nicht<<

 >>Na bitte! <<

Der verwirrte Jugendliche versucht die Tür vergebens zu schließen, da Joseph immer noch mit seiner Schulter halb aus dem Auto ragt.

>>Scheiße, die Tür geht nicht zu, sie sind zu fett! <<

>> Du musst richtig drücken <<

Joseph lehnt sich zur Seite, sodass er halb auf dem Fahrersitz liegt, dann fordert er den Jungen erneut auf die Tür zu schließen.

 >>So, jetzt drück nochmal<<

Mit beiden Armen ausgestreckt, drückt der Junge gegen die Autotür, bis diese endlich ins Schloss fällt. Anschließend läuft er mit wackligen Schritten, zur Fahrerseite. Angespannt beobachtet Joseph den Jungen und er fragt sich ob es wirklich so eine gute Idee ist, sich von diesem mitnehmen zulassen. Mit einer ungewöhnlich schrägen Haltung steigt er zurück in den Wagen und schließt die Tür, bereit los zu fahren.

>>Verdammt, hast du irgendwas genommen? <<

>>Hä, was? << erwidert der Junge und guckt Joseph mit müden Augen an.

>>Ich sag`s dir, wenn du irgendeine Scheiße anstellst, bekommst du richtige Schwierigkeiten, ich habe nämlich ein Cousin bei der Polizei<< schwindelt Joseph und guckt ihn vorwurfsvoll an.

>>oh Mist, du bist nen Bulle?! Verdammt, ich schwöre das war nicht mein Zeugs<< scheinbar hält der Trunkenbold nun Joseph für einen Polizisten.

Joseph ist es zu anstrengend dieses Missverständnis aufzuklären, wahrscheinlich würde der Junge es sowieso nicht verstehen, oder es nach ein paar Minuten vergessen. >>beruhige dich, ist schon okay, ich werde es für mich behalten, aber fahr jetzt gefälligst los<<

Endlich fängt das Auto an zu rollen und Josephs zugedröhnter Retter der Nacht fährt langsam, aber sicher los. Sie sind schon ein wenig am Fahren, als sich die nächste Frage stellt.

>>Wo fahren wir eigentlich hin? Zum Krankenhaus? <<

>>Was? Nein auf keinen Fall! Du fährst mich zu meiner Ranch! <<

>>Wo isn die? <<

>>Ich führ dich schon hin...wie heißt du eigentlich? <<

Der Junge zeigt zunächst keine Reaktion, dann blickt er verzögert rüber zu Joseph
>>Hä...meinst du mich? <<

>>Nein dein Autositz... natürlich meine ich dich<<
Joseph bereut jetzt schon seine Frage gestellt zu haben.

>>Äh, ich heiße Robin... und Sie? <<

>>Ich heiße äh...ich heiße Tim! <<

>>Oh cool <<

Die Fahrt nimmt weiter ihren Lauf, auch wenn Robin sich kaum konzentrieren kann und ständig von seiner Spur abkommt. Dazu kommt das er anfängt an seinem CD-Player rumzuspielen, weshalb er noch unsicherer fährt.

Joseph wird das ganze langsam zu bunt. >>Verdammt was machst du, willst du uns umbringen??<< fragt er verzweifelt.

Robin braucht ein wenig, bis er kaum verständlich antwortet. >>Hä, nein man, aber wir brauchen mal bissel Mukke<<

>>Nein keine Mukke, du fährst mich schön zu meiner Ranch<<

Jedoch hört der junge, zugedröhnte Fahrer natürlich nicht auf Joseph und steckt unbeirrt eine CD in das Laufwerk. Plötzlich ertönt eine seltsame Rapmusik mit einem fürchterlichen Glockenbeat, der Joseph schon in der ersten Sekunde auf die Nerven geht.

Joseph schüttelt seinen Kopf. >>Man dein Musikgeschmack ist genauso wie du aussiehst, einfach schrecklich<<

>>Ach sie sind halt nen alter Mann, seien sie froh das ich sie überhaupt mitnehme<<

Robin fängt an das Lied zu fühlen und holt eine Zigarette aus seiner Jacke hervor. Joseph sieht ihm mit offenem Mund zu und hofft das es sich nur um eine Zigarette handelt.

>>Wollen sie auch eine? << bietet er freundlich an.

Joseph guckt ihn schräg an. >>Du bist witzig, wie soll ich das machen? Meine Arme sind doch gebrochen<<

Robin sieht verwirrt rüber zu Joseph und muss anfangen zu lachen.

>>Scheiße, wie hast du das bloß angestellt hahaha, so was habe ich in meinem ganzen Leben nicht gesehen. Hier nimm ein Zug von meiner Zigarette<<

Mit ausgestrecktem Arm hält er die Zigarette vor Josephs Gesicht, der sich kaum dagegen wehren kann. Er guckt angestrengt, leicht angeekelt auf die Zigarette. Das letzte mal hat er vor 5 Jahren geraucht und er wollte es eigentlich an den Nagel hängen. Doch dann denkt er sich, ,,was soll`s,, schließlich hat er wirklich viel Stress in dieser seltsamen Nacht gehabt. Er zieht die Zigarette mit seinen Lippen aus Robins Hand und nimmt zwei tiefe Züge. Er hustet leicht, bevor er verschwollen Robin auffordert die Zigarette wieder zu nehmen.

>>hahaha, scheiße du bist ja voll am verrecken<< Robin geht zum Glück der Aufforderung schnell nach und erlöst Joseph von der dampfenden Zigarette.

>>Halts Maul, fahr weiter<< keucht Joseph.

Die Fahrt nimmt weiter ihren Lauf unter Josephs Navigation, langsam hat er sich an die Musik gewöhnt, sie fängt sogar an ihm zu gefallen. Er erwischt sich sogar dabei, wie er leicht mit seinem Kopf zum Beat nickt.

>>Mach mal lauter, der Song ist echt gut<<

Als Robin das hört freut er sich wie ein kleines Kind, dass Süßigkeiten geschenkt bekommt. Er lacht und springt vor Aufregung auf, bevor er die Musikanlage auf eine ungewöhnlich laute Lautstärke dreht. Durch den Bass fängt das ganze Auto an zu vibrieren, so dass die Scheiben anfangen zu zittern und die Beiden, die Vibration im ganzen Körper spüren. Sie erreichen die Kleinstadt, die Sonne geht hinter ihnen auf und leuchtet durch die Heckscheibe. Das Licht flutet die Fahrerkabine mit warmem Licht, während sie wie in Zeitlupe durch die menschenleere Straße fahren. Ihre Musik ist das einzige was man in der Morgenruhe hört und sie ziehen die Aufmerksamkeit, der letzten Trunkenbolde, die komplett übermüdet aus den Bars schlendern, auf sich. Wie auf Wolken schweben sie über die Straße, mit der Sonne im Rücken, als würden sie diese nach oben ziehen, während ihre Musik den passenden Soundtrack liefert. Josephs Ranch liegt nur einige Kilometer östlich von der Stadt, so neigt sich die Fahrt langsam dem Ende. Joseph kann sein Glück kaum fassen, er hat es tatsächlich geschafft zu entkommen. Sie verlassen wieder die Stadt und

Joseph leitet Robin auf die holprige Landstraße, die zu seiner Ranch führt, die man schon in der Ferne erkennen kann. Die Rot gestrichene Scheune leuchtet in der Sonne, langsam rollen sie auf sein Grundstück, dass weitläufig mit einem weißen Holzlattenzaun abgesteckt ist, bis sie kurz vor seinem recht großen Bauernhaus aus Holz stehen bleiben.

Joseph sieht freudestrahlend rüber zu seinem Retter. >>Ich danke dir Robin, ehrlich! Könntest du mir noch ein letztes Mal die Tür öffnen? <<

Robin sieht verpeilt zu Joseph und lächelt verstrahlt. >>klar man, aber gerne<<

Dann steigt er wieder aus, dieses Mal scheint jedoch sein Gang etwas gefestigter zu sein, scheinbar kommt auch er langsam runter. Mit einem lauten Gähnen öffnet er die Beifahrertür und erneut muss sich Joseph aus dem Auto quälen. Er versucht so gut es geht Robin mit unnötigem Gerede abzulenken, damit dieser nicht zu sehr auf Joseph achtet, nicht das er noch am Ende die Handschellen sieht.

 >>ich danke dir wirklich von ganzem Herzen, wenn du noch mal was brauchen solltest, melde dich bei mir, du weißt ja wo ich wohne<<

Das sind die letzten Worte die Joseph Robin zuruft, bevor dieser in seinen Wagen steigt und fortfährt.

Joseph wartet noch bis er langsam in der Ferne verschwindet, bevor er vor Schmerzen anfängt zu Fluchen, da sich die Handschellen schon in sein Fleisch schneiden und er Schulterschmerzen hat.

>>CLYDE, CLYDE! WO STECKST DU? <<

Joseph läuft mit schweren Schritten die Treppen zu seiner Terrasse hoch, er tritt mit seinen Schuhen gegen seine Eingangstür, während er erneut lautstark den Namen seines Cousins ruft. Es dauert einen Moment bis sich die Haustür mit einem Ruck öffnet und Joseph eine Flinte auf sich gerichtet hat. Vor ihm steht Clyde bewaffnet mit einer Flinte. Clyde ist ein Landei wie aus dem Buche, er ist dünn, groß und hat lichtes blondes Haar, mit glasigen, blauen Augen, die eine tiefe leere ausstrahlen. Obwohl es in den frühsten Morgenstunden ist und er wahrscheinlich gerade aus seinem Bett kommt, trägt er eine dreckige, blaue Latzhose, mit schwarzen Stiefeln.

>>STOP CLYDE, ich bin es! << ruft Joseph erschrocken.

>>Ach du heilige Henne, Joseph! Da brat mir doch einer ein Storch, wo kommst du denn her? << Clyde guckt seinen Cousin mit halb geöffnetem Mund an und stellt die Flinte weg.

>>Das erzähle ich dir gleich, befrei mich erstmal aus den Handschellen<< bittet Joseph ihn unter Schmerzen.

>>Handschellen? Was haste denn angestellt, lass mich mal die Achter sehen<<

Mit einem schmerzverzehrten Gesicht dreht sich Joseph zur Seite, um Clyde die Handschellen zu zeigen.

>>Mann die haben dich in der Schnalle, wie nen alten Bullen! Ab in die Scheune, da habe ich die Axt! <<

Mit schlendernden Schritten läuft Clyde zum großen, weißen Scheunentor vor und öffnet das Tor. Er spuckt eine Ladung Kautabak auf den Boden, während er die Axt von der Wandhalterung entfernt.

>>So, dann wollen wir dich mal aus deinen Fesseln befreien<< ruft er Joseph zu, der sich nun ebenfalls langsam der Scheune nähert.

Clyde läuft zielstrebig zu dem Amboss, der in einer Ecke zwischen Heu und Holz steht. Angespannt folgt Joseph ihm und hofft das sie erfolgreich werden.

>>Man Clyde, du musst aber echt aufpassen, nicht dass du meinen Arm abhackst<< schnauft Joseph müde.

>>Quatsch, ich habe mit meinem Fetter schon ein Ganzen Quadratkilometer Holz perfekt zugeschlagen, obwohl wir drei Krüge Moonshine versoffen hatten<<

>>Clyde! Das ist aber kein Holz und auch keine Kuhschnalle, das sind Handschellen, an denen meine Hände hängen! <<

Clyde zuckt mit seinen Schultern. >>So oder so, dir bleibt ja eh keine Wahl<<

Joseph geht zur spitzen Seite des Ambosses, er setzt sich auf den Boden so das sein Rücken gegen den Amboss lehnt. Clyde packt währenddessen Josephs Arme und zieht sie in Richtung des Ambosses, so dass Josephs Hände in der Mitte liegen.

>>So musste bleiben, jetzt ein gezielter Schlag und du bist frei<< Clyde guckt angestrengt auf den Amboss.

Josephs Anspannung steigt, er spürt den kalten Stahl an seinen Handgelenken und die Tatsache das er Clyde nicht sehen kann, beunruhigt ihn noch mehr. Er vertraut Clyde, jedoch kennt er seinen tollpatschigen Cousin gut, er hofft nur das er seine Hand nicht verliert. Joseph fängt an zu beten, er schwitzt und schließt seine Augen, während er alles ausblendet.

>>Okay...bringen wir es hinter uns ... << seine Stimme zittert vor Angst.

>>Du wirst sehen, du bist schneller frei als eine Horde wilder Pferde<<

Clyde knirscht mit seinen Zähnen, er streckt leicht seine Zunge raus, während er ein Auge zukneift, um besser zu zielen. Er hebt die Axt über seinen Kopf und fährt mit seiner Zunge über seine Lippen. Ein Glück das Joseph ihn so nicht sieht, er würde einen Herzinfarkt bekommen, bei diesem Anblick. Clyde zählt innerlich bis Drei…1...2...3.
Die Axt fällt, schneidet die Luft, nimmt Fahrt auf, rast auf den Amboss zu. Joseph kneift seine Augen in dem Moment noch mehr zusammen. Dann ertönt das erleichternde Geräusch, von Metall auf Metall mit einem schrillen Klingeln. Joseph zieht ruckartig seine Arme nach vorne und begreift im ersten Moment nicht das er frei ist. Erstaunt guckt er auf seine Hände. Es sind noch alle Finger dran und kein Blut ist zu sehen.

>>Du hast es geschafft! << jubelt er.

Joseph steht auf und freut sich, voller Erleichterung umarmt er Clyde mit einer festen Umarmung.

Clyde ist immer noch perplex das er es wirklich geschafft hat, dann begreift er es und jubelt

ebenfalls >>Jiihaaaa Jipijaaaajeyyy, ich hab dir
doch gesagt das wird ein Klacks<<

Joseph wischt sich den Schweiß von der Stirn und
atmet erstmal tief durch.

>>Clyde du glaubst mir nicht was Gestern passiert
ist, so zwei seltsame Typen haben Jack und Frank
gekillt<<

>>WAS? Du sagst sie haben Frank und Jack kalt
gemacht? <<

Joseph nickt aufgeregt, dann erzählt er Clyde alles.
Er erzählt ihm von den zwei Großstädtern, von dem
Mord auf dem Friedhof und den zwei verrückten
Polizisten. Clyde hört ihm gespannt zu.

>>Was machen wir jetzt…ich meine…Jack und
Frank hätten das auch nicht durchgehen lassen.
Wo isn eigentlich dein Truck? << fragt Clyde
aufgeregt.

>>stimmt...scheiße mein Truck, habe ich ganz
vergessen! Ich hab Gestern Abend noch ne Ladung
Dynamit zu unserem Schmuggelplatz, zum alten
Tacker See gefahren, als mich diese zwei Psycho-
Bullen geschnappt haben. Wir müssen sofort den
Truck holen, bevor die Bullen ihn entdecken<<

>>Dann nichts wie hin, warte ich hol schnell die
Schlüssel von meiner Karre<<

Clyde sprintet aus der Scheune, gefolgt von Joseph, der mit schweren Schritten hinterherhinkt. Clyde springt die Stufen der Terrasse hoch und öffnet hektisch die Haustür. Er packt sich schnell die Schlüssel von dem Haken, der direkt im Eingangsbereich hängt. Er schmeißt die Tür hinter sich zu und springt erneut die Treppen runter. Joseph steht bereits an Clydes Auto. Ihr müsst wissen, Clyde hat nicht irgendein Auto, nein! Clyde ist zwar ein Landei, jedoch fährt er einen strahlenden, roten Ford Mustang, mit glänzend, polierten Felgen und einem schwarzen Streifen in der Mitte, der sich von der Motorhaube bis übers Dach, bis hin zum Kofferraum zieht.

>>Komm schon Clyde<<

Joseph steht voller Panik am Auto und macht hektische Handzeichen. Clyde sprintet zur Fahrertür und schließt den Wagen auf. Schnell springt Clyde ins Auto und startet den Motor, während Joseph schwerfällig, jedoch etwas zügiger als sonst, in den Wagen steigt.

>>Jiiiihhaaaaaa<<

Schreit Clyde während er die Reifen durchdrehen lässt und schnell losfährt, gleichzeitig stellt er sein Radio ein und es ertönt ein Klassiker von Johnny Cash. Endlich ein Lied ganz nach Josephs Geschmack und auch Clyde scheint den Song zu fühlen, wodurch er noch mehr beflügelt wird. Sie rasen mit einer unglaublichen Geschwindigkeit über die staubige Landstraße, eine gewaltige, gelbe Staubwolke zieht sich hinter ihnen hoch, bevor Clyde auf die normal geteerte Bundesstraße driftet. Auf dieser beschleunigt er noch mehr und sie kommen der Kleinstadt immer näher.

>>Jetzt musst du aber nochmal einen Gang zurückschalten, sonst haben wir gleich die Bullen am Arsch<< ruft Joseph besorgt, jedoch ist er durch das laute Motorheulen kaum zu hören.

Clyde runzelt seine Stirn, jedoch schaltet er langsam runter, als er vor sich die erste rot geschaltete Ampel sieht. Die Stadt ist nun Sonnen geflutet und die Bewohner sind munter. Die Straßen sind gefüllt und voller Leben. Joseph wird leicht müde, als sie an der Ampel stehen. Er sieht die ganzen Menschen und wie sie friedlich umherlaufen. Doch er verspürt eine tiefe Unruhe, die sich in ihm auftut. Er fängt langsam an zu realisieren, was ihm alles wiederfahren ist. Er blickt rüber zu den Autos, die mit ihnen an der Ampel stehen. In den meisten sind Familien oder einfache Menschen, die gerade zur Arbeit fahren. Die ganze Situation passt zu dem weichgespülten Song, der gerade im Radio läuft, anders wie der Johnny Cash Song, ist es ein sehr langsames, gemütliches Lied. Joseph lehnt sich weiter zurück und überlegt sich was wohl passieren würde, wenn die Polizisten ihn doch noch kriegen. Er geht die ganzen

Möglichkeiten durch und denkt über sein Leben nach, jedoch fühlt er sich ungewöhnlich im reinen mit sich selbst. In all den Jahren seiner Kriminellen Laufbahn, stellt er sich das erste Mal dem Gedanken es zu akzeptieren, dass er vielleicht für seine Taten zur Verantwortung gezogen wird. Er blickt rüber zu Clyde, der angespannt auf die Ampel sieht und mit seinen Fingern auf das Lenkrad schlägt.

>>Clyde.? << fragt er seinen Cousin mit leiser Stimme.

Clyde scheint ihn zuerst nicht zuhören, also nimmt Joseph einen zweiten Anlauf.

>>Ey Clyde? << ruft er etwas lauter.

Clyde sieht fragend zu ihm rüber >>Ja bitte? <<

 >>denkst du auch manchmal drüber nach, was wir hier eigentlich machen? <<

Clyde hebt seine Brauen und blickt ein wenig verwirrt >>Wie meinst du das? Wir holen deinen Truck…<<

Joseph schüttelt langsam seinen Kopf. >>Nein, so meine ich das nicht! Ich meine generell! Ich meine mit der ganzen Scheiße, mit dem Dynamit verkaufen und so. Vielleicht haben die Bullen ja recht und man muss uns wegsperren<<

>>Was? Man Joseph, wir sind rechtschaffene Bürger! Ich meine wir machen nichts verkehrtes. Ich meine unser Urgroßvater war auch Dynamithändler, wo ist da das Problem? << erwidert Clyde selbstverständlich, ohne den geringsten Selbstzweifel.

>>Du kannst uns nicht mit ihm vergleichen, er hat nicht diese ganze illegale Scheiße gemacht und das Zeug schwarz verkauft<<

>>Joseph, ich mach mir langsam Sorgen…was haben die Gestern mit dir angestellt? <<

>>Nichts! <<

>>Na ja, der alte Joseph hat nie so einen Bullshit geredet! <<

Joseph sieht Clyde verstimmt an, dann sieht er im Augenwinkel das die Ampel auf Grün schaltet.

>>Es ist grün Clyde! << schnauft er und realisiert, dass Clyde nicht der richtige Gesprächspartner für solch eine Unterhaltung ist, was er sich ohnehin dachte, aber einen Versuch war es wert.

>>Danke, ohne deine Hilfe hätte ich das niemals bemerkt<< sagt Clyde sarkastisch.

Die restliche Fahrt durch die Stadt, verläuft relativ Gesprächs kahl. Clyde ist vertieft ins fahren und Joseph verliert sich komplett in seinen Gedanken. Sie biegen auf die holprige Straße, die zum See führt, ab und sie kommen dem See langsam näher. Man mag es kaum glauben, aber selbst in den friedlichen Morgenstunden, liegt über dem See eine seltsame Aura. Joseph hält gespannt Ausschau nach seinem Truck, vorgebäugt blickt er an Clyde vorbei. Durch die Bäume hinweg sieht er den ersten weißen Wagen, mit einer blauen Aufschrift, die sein Blut zum Gefrieren bringt. Auf dem Wagen steht dick geschrieben ,,Polizei,,

>>scheiße scheiße, fahr schnell weiter Clyde! Die Bullen sind schon hier<< zischt Joseph leise und voller Panik.

>>Die Bullen? Wo? <<

>>Genau am See! <<

Clyde guckt in die Richtung des Sees, während er weiterfährt. Tatsächlich, als Clyde an der Baumreihe vorbeifährt und sie nun eine komplette Sicht auf den See haben, sieht er die Polizei. Zwei Wagen stehen vor Josephs Truck, die Polizisten suchen die Umgebung ab und nehmen das Kennzeichen auf.

>>fahr schnell weiter, LOS!!...fuck fuck, was machen wir? Jetzt Wissen sie das ich Gestern in der Gegend war. Diese korrupten Bullen werden

mir alles in die Schuhe schieben, ich muss den Staat verlassen. Was soll ich jetzt machen? << schreit Joseph entsetzt und ihm überkommt ein starkes Ohnmachtsgefühl.

Clyde hält sich zu nächst bedeckt und versucht so schnell es geht an den Polizisten vorbeizufahren.

>>Wir...wir ...scheiße... wir fahren wieder zurück zur Ranch und sagen denen das dein Auto gestohlen wurde<< stammelt Clyde panisch.

>>Das funktioniert doch nie<<

>>Doch, noch ist es morgens, wir melden es und sagen uns ist es jetzt erst aufgefallen<<

>>Okay, dann mach schnell, wir müssen sofort zurück<<

Clyde ist schon ein verrückter Raser, aber was er sich nun leistet geht auf keine Kuhhaut mehr, so wie er sagen würde. Er fährt in einer Todesgeschwindigkeit zurück zur Ranch. Die Reifen schreien auf dem Asphalt, während sie um die Kurven driften. Sie rasen durch die Stadt und missachten sämtliche Verkehrsregeln. Es gleicht einem Wunder, dass sie keinen Unfall verursachen. Sie nähern sich der Ranch, am Horizont hinter ihnen, ziehen graue Wolken auf und der Wind wird stärker. Erneut wird eine große Staubwolke aufgewirbelt, als Clyde über den staubigen Weg zur

Ranch brettert. Clyde beendet die Todesfahrt, in dem er einen letzten Drift vor dem Haus vollzieht, sodass sie nun quer und parallel zum Haus stehen. Hektisch sprinten sie aus dem Auto. Clyde ist so übermütig, dass er kurz wegrutscht und zu Boden fällt, jedoch steht er genauso schnell wieder, wie er gefallen ist. Clyde schafft es sogar noch Joseph zu überholen. Er sprintet die Treppen hoch und springt die Haustür auf. Anschließend rennt er weiter in das Wohnzimmer, gefolgt von Joseph.

>>schnell schnell, wähl die Nummer Clyde! << ruft Joseph keuchend.

>>JA JA<< haucht Clyde hektisch, während er das Telefon mit Schnur in die Hand nimmt und mit zittrigen Fingern die Nummer der Polizei eintippt.

Erwartungsvoll sieht Joseph ihn an und hofft darauf das Clyde endlich anfängt zu reden. Doch es bleibt bei Clydes Schweigen, er wirft den Hörer auf den Sessel, der neben dem Telefon steht. >>Scheiße<<

Joseph reist seine Augen auf. >>Was ist los? <<

>>Diese verfluchten Bastarde! Da geht einfach keiner rann, einmal braucht man die Wixxer und dann das! << schimpft Clyde verzweifelt.

>>Scheiße, was machen wir jetzt? << Joseph geht auf und ab, er greift sich mit beiden Händen vor Verzweiflung ins Gesicht.

Dann plötzlich bleibt Joseph stehen, sein Gesicht verliert jeden Ausdruck, seine Augen stehen still und sehen aus wie eingefroren. Er sieht mit einem leeren Blick, in den dunklen Flur, der zur Eingangstür führt und das Tageslicht rein lässt. Jedoch führt sein Blick weiter auf den geraden, staubigen Weg, der zum Haus führt. Er lacht einmal kurz emotionslos auf. >>HA<< Als er zwei schwarze SUVs sieht, die in einer Reihe zu Ranch fahren. Ohne ein Wort zu sagen läuft er wie ein wandelnder Toter zur Haustür. Clyde weiß noch nichts und sieht seinen Cousin verwundert an. Joseph läuft weiter zur Terrasse. Clyde folgt ihm verunsichert, jedoch ist Joseph zu breit, sodass er nicht sehen kann was da auf sie zukommt. Erst als Joseph durch die Haustür auf die Terrasse tritt und ein paar Schritte seitlich zum Geländer macht, sieht Clyde ihr Schicksal, dass langsam, aber sicher auf sie zurollt. Wie eine Faust ins Gesicht trifft es ihn, Joseph hatte es schon geahnt das es heute so kommen würde. Clyde trifft es wie aus dem nichts. >>Scheiße<< murmelt er. Er Atmet tief ein und stellt sich neben Joseph ans Geländer.

>>Und jetzt? Soll ich die Flinten holen? << Clyde denkt nicht einmal daran sich zustellen.

>>Ich will nicht mehr in den Knast...Clyde im Gefängnis sind Sachen passiert, die ich dir nie erzählt habe. Ich kann das nicht noch mal<< flüstert Joseph und bleibt wie eine Statur starr stehen.

Clyde sagt nichts, er dreht sich um und holt schnell die Flinten, die im Eingangsbereich stehen. Dann stellt er sich neben Joseph und stellt die Flinten zwischen sie, angelehnt ans Geländer. >>Jetzt haben wir vor gesorgt <<

Joseph sieht Clyde in die Augen, bevor er ihn herzlich anlächelt.

>>Clyde, du bist noch ein bisschen Jünger als ich, wäre es nicht besser, wenn du dich aus dem Staub machst, während ich die ganze Schuld auf mich nehme. Noch sind sie nicht da<<

>>Nein, das kommt nicht in Frage! Wir sind zusammen aufgewachsen, mein ganzes Leben habe ich mit dir verbracht, ohne dich werde ich das eh nicht aushalten und für den Knast bin ich definitiv zu hübsch<<

Zu hübsch? Als Joseph das hört muss er an fangen zu lachen, auch Clyde kann nicht anders und lacht laut auf. >>Ja, MA` meint immer das ich der schönste aus der Familie bin haha<<

 >>schöner als ich auf jeden Fall hahaha<<

Joseph klopft Clyde auf die Schulter, er lächelt ihn kurz an bevor er wieder nach vorne schaut. Die SUVs kommen immer näher, Joseph atmet tief ein. Die Wagen fahren vor das Haus und halten versetzt nebeneinander an. Die FBI-Agenten steigen mit finsterer Miene aus, ihre Hände kleben an den Schusswaffen, wie Fliegen auf einem süßen Marmeladenbrot. Unter den Agenten ist kein geringerer als Mr. James, arrogant und selbstsicher tritt er vor.

>>Joseph Walker, wo waren sie letzte Nacht? << ruft er mit seinen Händen an der Hüfte und einem ernsten Blick.

>>Zuhause! Wo soll ich sonst gewesen sein? <<

Mr. James schüttelt spöttisch seinen Kopf. >>Ach ja, und warum haben wir ihren Truck am Tacker See, seelenruhig und verlassen aufgefunden? <<

Joseph spuckt von seiner Veranda, er kennt Mr. James bereits und hält von ihm nicht sonderlich viel >>Tja, den muss wohl jemand gestohlen haben. Ich habe heute Morgen bei euch in der Zentrale angerufen, aber scheinbar seid ihr mehr mit Donat essen und Kaffee trinken beschäftigt, es hat nämlich Niemand abgehoben<<

Mr. James ändert seine arrogante Mine, er wirkt extrem wütend, noch wütender als sonst. >>Wenn du glaubst du kannst uns verarschen, hast du dich getäuscht. Du bist nämlich des Mordes beschuldigt! <<

>>Sie sollten sich was schämen, einfach hier so aufzutauchen und mich für Morde zu beschuldigen, die Sie selbst begangen haben! << antwortet Joseph.

Mr. James läuft rot an, wie kann dieser fette Bauer ihn so vor den anderen FBI-Agenten blamieren. Das kann er und wird er nicht auf sich sitzen lassen. Er brodelt vor Wut und muss sich zusammenreißen, bevor er noch komplett ausrastet.

>>Jetzt hören Sie mir mal genau zu, für wen halten Sie sich eigentlich. Sie kommen jetzt sofort von ihrer Veranda mit erhobenen Händen, oder wir müssen Sie mit Gewalt runterholen<< schreit er, während er vor Wut mit seinen Zähnen knautscht.

>>Was glauben Sie eigentlich wer Sie sind, hä? Sie kommen hier her und beschuldigen uns einfach, ohne dass Sie auch nur einen Beweis haben. Ihr Bullen spielt euch immer auf, als wüsstet ihr über alles Bescheid. Aber keine hat uns jemals gefragt, ob wir nach euren Regeln spielen wollen, verdammte Scheiße! << Clyde spuckt einen Brocken Kautabak aus. >>Wir haben uns dieses Leben auch nicht ausgesucht, deswegen werden wir auch nicht in euren Knast gehen! <<

>>Ich stimme meinem Cousin zu, ihr könnt uns mal! Wir gehen nicht in euren Knast! <<

>>hört auf mit den Spielchen und kommt runter, oder es wird dreckig! <<

>>Ey! Ihr Drei anderen Bullen, ihr solltet besser gehen, hört nicht auf diesen Schwachkopf und macht euch nicht unglücklich. Geht einfach nach Hause, wir werden nicht mit euch mitkommen! <<

Joseph senkt seine Hand und er hebt seine Flinte an, Clyde tut es ihm gleich in dem er ebenfalls seine Flinte langsam hebt. Die Agenten schrecken zurück und gehen mit angelegten Waffen, hinter ihren Autos in Deckung.

>>Ich warne euch ein letztes Mal! Habt ihr zwei das VERSTANDEN?!<< schreit Mr. James mit einem knallroten Kopf.

Joseph lacht kurz auf. >>HA, Ich glaube sie haben es nicht verstanden, wir kommen nicht mit! <<

Mr. James hebt seine Hand gerade nach oben, so dass seine Fingerspitzen zum Himmel zeigen. Die anderen FBI-Agenten legen ihre Finger an den Abzug und achten nervös auf jede kleine Bewegung, die Joseph und Clyde nun vollziehen.

Clyde sieht rüber zu seinem Cousin. >>Und jetzt? Warten wir darauf bis sie schießen? << flüstert er.

Joseph lächelt leicht. >>Genießen wir den Moment, sie werden eh nicht schießen…<<

Clyde guckt verloren nach vorne, er sieht in die Gesichter der Agenten, die nervös ihre Waffen auf sie richten. >>Ich hab zwar schon einiges erlebt, aber noch nie haben so viele Waffen auf mich gezielt…scheiße<< sagt er leise zu Joseph.

>>Ja Clyde... mir geht es auch so<<

Clyde atmet tief durch. >>Dann gönne ich mir noch mal ne Ladung von dem guten, alten Kautabak<< Clyde stellt die Flinte zwischen seine Beine. Die Anspannung der FBI-Agenten, ist kaum in Worte zu fassen. Clyde guckt noch ein letztes Mal in Richtung der Agenten, dann greift er in die Innentaschen seiner Latzhose, um die Kautabakdose rauszuholen. Diese unüberlegte, schwer einzuschätzende Bewegung, bringt das Fass zum überlaufen. Der erste Agent bricht unter der Anspannung zusammen, voller Panik setzt er einen Schuss ab. Dieser führt zu einer Kettenreaktion. Aus Reflex lassen die anderen FBI-Agenten nun auch Schüsse fallen. Flatternd und die Luft zerschneidend, fliegen die spitzen Bleikugeln. Sie zerschlagen die Holzbretter der Veranda, lassen die Fenster des Hauses platzen. Holzsplitter und Glassplitter, fliegen durch die Luft, gemischt mit dem Blut der zwei hoffnungslosen Banditen, die nicht mehr nach den Regeln spielen wollten, in einem Spiel, bei dem sie nie gefragt wurden, ob sie überhaupt mitspielen wollen. Nach dem einseitigen Kugelhagel herrscht Stille. Die herangezogenen

Gewitterwolken, lassen ihre Kinder fallen. Riesige Wasserperlen platschen auf den staubigen, sandigen Boden und die Erde ändert ihre Farbe, genau wie der Holzboden der Veranda, wo die Beiden Cousins ihre letzten Atemzüge nehmen, bevor sie sich von der Erde, mit einem hellen Blitz, gefolgt von einem Lauten Donner verabschieden. Die FBI-Agenten gucken erschrocken zum Haus, während Mr. James in den Himmel blickt. Eine Weile rührt sich Niemand, alle stehen still. Dann setzt sich der emotionslose FBI-Agent in Bewegung, zielstrebig läuft er zur Veranda. Die anderen Agenten folgen ihm mit großem Abstand, während er in einem zügigen Tempo die Treppen hochläuft. Einen Moment bleibt er stehen und sieht auf Joseph und Clyde herab. Sie liegen regungslos nebeneinander. Er dreht sich um und blickt zu seinen Kollegen >>Gute Arbeit, sie sind tot! <<

James & Randy

Kühl blickt Mr. James auf Joseph und Clyde die zwischen den Glasscherben der zerbrochenen Fenster liegen. Er schreitet die Holztreppen, die bereits von dem Regen rutschig sind, vorsichtig hinab und läuft geradewegs zu seinen aufgewühlten Kollegen.

>>ruft einen Krankenwagen, die sollen die Leichen abtransportieren <<

Fragen winkt James stur ab und er verlässt als erster den Tatort. Er läuft zu seinem schwarzen Einsatzwagen und steigt angespannt ein. Er wirft einen Blick in den Rückspiegel und betrachtet seine toten, emotionslosen Augen. Dann atmet er tief ein und zum ersten Mal zeigt er menschliche Gefühle. Er fängt an zu zittern, er streicht sich mit seiner Hand durch sein Gesicht, wobei er kleine Tropfen von Tränen verspürt. >>scheiße<< zischt er leise und schüttelt seinen Kopf. Er blickt noch einmal kurz in den Rückspiegel, bevor er den Motor startet. Er wendet zügig seinen SUV, ehe er den matschigen Feldweg zurück zur Bundesstraße fährt. Er ist immer noch sehr aufgewühlt und er schafft es sich kaum auf das fahren zu konzentrieren. Mit einer zitternden Hand holt er sein Funktelefon aus seiner Jackentasche. In seiner Unruhe schafft er es kaum die Nummer zu wählen, die er anrufen will. Er lässt langsam seinen Wagen ausrollen und er bleibt an der Kreuzung zur Bundesstraße stehen. Das Telefon in seiner Hand gibt das erste leise Tuten von sich, als er sich den Hörer, schließlich angespannt an sein Ohr hält.

>>Hallo?!...Ja ich bin es James! Wir müssen uns unbedingt treffen...Nein nicht in der Polizeistation! Wir treffen uns am Diner, so in einer Viertelstunde, Okay? <<

James beendet seinen Anruf und steckt zügig sein Funktelefon in die Jackentasche, bevor er auf die Bundesstraße biegt. Geistig verstreut und völlig in seinen Gedanken verloren, fährt er durch die Stadt. Er kann kaum einen klaren Gedanken fassen, fasst wäre er sogar über eine rote Ampel gefahren, jedoch schafft er es im letzten Moment zu halten. Sein Tunnelblick minimiert sein Sichtfeld und er sieht nur noch das Lenkrad vor sich. Ein lautes hupen rüttelt ihn wieder wach, er hebt seinen Kopf und sieht in den Rückspiegel, dann bemerkt er das die Ampel bereits grün ist. Abwesend setzt er seine Fahrt fort. Nach dem er die Stadt verlassen hat und er bereits ein gutes Stück gefahren ist, sieht er in der Ferne das große Reklameschild des Diners. Auf dem Parkplatz wartet bereits der dicke Polizeichef Randy in seinem Privatauto. Es ist ein dunkelgrüner Ford, kein teures Auto. Wobei sich Randy mit Sicherheit ein besseres leisten könnte, doch er steht nicht besonders auf Autos, weshalb er mit diesem Wagen vollkommen zufrieden ist. Langsam

116

fährt der FBI-Agent auf den Parkplatz und gibt
Randy eine schnelle Lichthupe. Unter leichten
Nieselregen steigt Randy aus seinem Wagen und
läuft auf den Einsatzwagen von James zu, dieser
öffnet einen Spalt die Tür.

>>Steig ein Randy! <<

>>Wollen wir nicht rein? <<

James schüttelt seinen Kopf, woraufhin Randy
zügig um das Auto läuft und den Wagen betritt.

>>Die Sache ist erledigt, wir haben es geschafft,
Joseph und Clyde sind nun auch tot! <<

>>Na, wer sagt`s denn, sehr gut! << Randy klopft
James erleichtert auf die Schulter.

James hingegen macht keinen glücklichen
Eindruck, er senkt seinen Kopf.

>>Deine Beiden Männer…die Zwei die heute
Morgen tot auf dem Friedhof gefunden wurden…<<

>>Ja, was ist mit ihnen? <<

>>hatten die Beiden Kinder? Ne Familie oder so?
<<

>>Verdammt James, das sind Kollateralschäden,
die Zwei waren einfach zu neugierig. Früher oder

später wären sie uns eh auf die Schliche gekommen. Das waren so zwei richtig motivierte Burschen, man gingen die mir auf den Sack<<

James guckt verloren aus der Frontscheibe und beobachtet die Tropfen, die langsam über die Windschutzscheibe rutschen. Randy verharrt mit einem starren Blick auf seinem korrupten Kollegen und sieht dann erwartungsvoll auf die Eingangstür des Diners.

>>Ich würde sagen das wir erstmal was essen sollten<<

>>In dem Schuppen? Da bekommt man doch bestimmt Krätze<<

>>Nein da schmeckt es richtig gut, vertrau mir<<

>>Okay, wenn du unbedingt willst<< stimmt James erstaunlicherweise zu.

Die Beiden steigen aus dem Wagen und laufen eilig durch den leichten Regen, bevor sie leicht nass die Glastür des Diners öffnen und die Glocke über der Tür ertönt. Der Laden ist fast leer, nur zwei Trucker haben sich an diesem regnerischen Samstagmorgen in den Diner verirrt und nehmen ein herzhaftes Frühstück zu sich. Sam ist gerade dabei sein altes Funkradio einzustellen, sodass er einen passenden Sender findet. Er hebt seinen Kopf als er das leichte Klingeln der Tür hört, mit einem skeptischen Blick sieht er die Beiden an. Am liebsten hätte Sam kein Wort mit ihnen gewechselt, doch als der dicke Polizeichef Randy seine Hand hebt und Sam ein lautes >>Hallo<< zuruft, kann er nicht anders.

>>Hallo die Herren, führt euch der Hunger zu uns? <<

>>Nein wir kommen, um dich zu verhaften Sam<< scherzt Randy lachend und sieht erwartungsvoll rüber zu seinem Kollegen.

Jedoch verzieht James keine Mine, sondern lächelt nur kurz aufgezwungen. Auch Sam kann über diesen Witz kaum lachen.

>>Dann setzt euch mal, meine Frau wird gleich zu euch kommen, oder wisst ihr schon was ihr wollt? <<

>>Wir schauen erst Mal in die Karte<< erwidert James noch bevor Randy antworten kann.

Die Beiden setzen sich an einen der hinteren Tische, sie haben sich einen ruhigen Platz am Fenster ausgesucht. Langsam und immer noch leicht abgeneigt, greift sich James die Menükarte. Er lässt seinen Blick zwei Mal über die Karte gleiten. Er legt die Karte weg und schaut rüber zu seinem Kollegen.

>>Was nimmst du Randy? <<

>>natürlich den XXL Burger mit Pommes, den würde ich dir auch empfehlen<<

>>Hm XXL, ich nehme nur einen normalen Burger<<

Während sie noch am Diskutieren sind, kommt Rose wieder von der Toilette zurück. Mit schnellen Schritten läuft sie zurück zur Theke und zieht sich ihre Schürze an. Sam bemerkt seine Frau im Augenwinkel und dreht sich zu ihr.

>>Wir haben neue Gäste Rose<< sagt er leise und verweist mit einer leichten Kopfbewegung auf die Zwei.

>>Oh. Hm ja, << erwidert Rose, sie verdreht ihre Augen und wirft ihren Mann einen genervten Blick zu. >>Haben sie schon bestellt? <<

>>Nein noch nicht! <<

Rose atmet einmal schwer aus, bevor sie schnell zu den Beiden neuen Gästen läuft. Da Rose schon mehr als ihr halbes Leben in der Gastronomie gearbeitet hat, hat sie sich natürlich schon ein perfektes, falsches Lächeln angeeignet. Es kommen zu genügend Kunden, die ihr nicht sympathisch sind, jedoch muss man auch ihnen höflich entgegenkommen.

>>So ihr Beiden, was darf es für euch sein? <<

Randy schaut mit einem breiten Grinsen auf, als er die helle Stimme von Rose vernimmt.

>>Oh Hallo! Ich hätte gerne einen XXL Burger mit Pommes, so wie immer kann ich fast schon sagen hahaha<<

Rose meidet den Blickkontakt und notiert die Bestellung auf ihrem kleinen Notizbuch. Lediglich ein kurzes, gespieltes Lächeln geht ihr über die Lippen, bevor sie James nach seiner Bestellung fragt >>Und für Sie? <<

James wiederum sieht Rose skeptisch fast schon abwertend an. Er lässt eine Sekunde die Frage offen im Raum stehen, bevor er anfängt zu sprechen.

>>Ich würde dann einen normalen Burger nehmen, aber ohne Pommes und dergleichen, nur einen Burger<<

Randy lacht auf und sieht sich gezwungen einen Witz über diese kleine Bestellung zu machen. >>HAHAH, Der junge Mann ist auf Diät, weißte Rosi, der achtet auf seine schlanke Linie, hahaha<<

Auch das noch ein Witz, denkt sich Rose. Jetzt muss Sie tatsächlich noch ein falsches Lachen vorspielen. >>HAHAH, ja! Muss auch mal sein<< Nach dieser knappen Antwort will sie so schnell es geht das Weite suchen, jedoch wird sie im letzten Moment aufgehalten.

>>Ach so warte Rosi<< ruft Randy laut. >>wir haben noch Garnichts zum Trinken bestellt<<

>>Oh, wirklich? << erwidert Rose und würde am liebsten laut aufschreien. >>Was wollt ihr trinken? <<

>>Also für mich eine Fanta! Und für dich James? <<

James fällt das passive Verhalten von Rose sofort auf, schließlich ist er nicht umsonst FBI-Agent und natürlich hat er in den ganzen Jahren seiner Arbeit gelernt Menschen zu lesen. Er fragt sich nur ob sein einfach gestrickter Kollege dies bemerkt, jedoch macht es nicht den Anschein danach.

>>Nichts, ich trinke nichts<<

>>Was?! du musst was trinken, ich lade dich ein, keine Sorge! <<

James knautscht mit seinen Zähnen und fühlt sich provoziert von dem trotteligen Verhalten seines

Kollegen. Am liebsten würde er einfach aufstehen und gehen.

Er schluckt seinen Zorn runter und versucht so freundlich wie es geht zu antworten.

>>haha, also Heute willst du es wissen<< erwidert James und versucht seine Wut zu überspielen. >>Ich nehme dann eine Sprite<<

>>Alles klar<< Rose zieht noch einmal gezwungen die Mundwinkel hoch, bevor sie in Windeseile verschwindet.

Mit verdrehten Augen läuft sie zu Sam, der immer noch am Radio sitzt und endlich einen Sender gefunden hat. Er blickt seine Frau schadenfroh an und muss sich das Lachen verkneifen. >>Was denn, war es so schlimm? <<

>>Also schön war es nicht! << Sie läuft hastig an ihrem Mann vorbei geradewegs zur Getränkezapfsäule und füllt zwei Gläser auf. >>machst du einen XXL Burger und einen Normalen und einmal Pommes<<

>>Das wars? << erwidert Sam gelassen.

>>Ja das wars! << Sie nimmt die zwei Getränke in die Hand und verlässt wieder die Theke, doch beim Verlassen fordert sie Sam erneut auf >>Los los,

worauf wartest du, umso schneller du kochst, desto schneller sind sie wieder weg<< zischt Rose.

>>Ja ja, << flüstert Sam und kann sich nur schwer von dem Radio trennen, er dreht an dem kleinen Rad, an dem man die Lautstärke regulieren kann und macht das Radio lauter, so das er noch beim Kochen gut verstehen kann was läuft. Unter einem leichten Rauschen endet der Song, der gerade noch lief und es kommen die Nachrichten. Derweil kommt Rose wieder zurück hinter die Theke, um ihren Mann etwas unter die Arme zu greifen.

leises Rauschen >>Achtung Achtung, wir unterbrechen den Song für eine wichtige Eilmeldung! Auf dem Städtischen Friedhof in der kleinen Stadt Jamestown, wurden Heute am späten Morgen mehrere Leichen entdeckt. Bei dem mutmaßlichen Täter soll es sich um Joseph Walker handeln. Laut der Polizei soll es wohl sogar schon am Frühen Morgen vor seinem Haus zu einem Schusswechsel mit mehreren Beamten gekommen sein! Näheres bleibt noch aus Ermittlungsgründen aus! Mehr dazu in den 14Uhr Nachrichten<<

Sam trifft diese Nachricht wie ein Schlag, schockiert bleibt er wie eingefroren stehen und rührt sich nicht. Auch Rose bekommt ein schweres Ohnmachtsgefühl, ihr stockt der Atem. Sam dreht sich völlig verstört zu seiner Frau und sieht sie erschrocken an. >>Rose…meinst du es handelt sich bei den Leichen um…<< Sam kann seine

124

Befürchtungen kaum aussprechen, dass muss er auch nicht. Rose sieht ihren Mann verlorenen an.

>>ich hoffe nicht<< haucht sie und ihr Blick gleitet zu dem Tisch an dem James und Randy sitzen.

>>Aber was hat Joseph damit zutun verdammt.... da kann etwas nicht stimmen! << flüstert Sam völlig verstört.

Erwartungsvoll blickt er zu Rose und hofft auf eine Erklärung, schließlich weiß sie ja sonst auch immer alles. Doch im Grunde weiß auch er, dass sie darauf keine Antwort finden wird. Stattdessen bemerkt er wie Rose, ohne zu blinzeln mit ihrem Blick auf den beiden unerwünschten Gästen hängen bleibt. >>meinst du sie haben etwas damit zu tun? << fragt er vorsichtig.

Rose rührt sich zunächst nicht, doch nach einem kurzen Moment der Leere, rafft sie sich zurück in die Realität. Sie schüttelt sich bevor sie Sam verwirrt fragt

>>Was hast du gesagt? <<

>>meinst du sie haben damit etwas zu tun? <<

>>bestimmt, dieser Randy hat so einige Leichen im Keller<< erwidert Rose, sie dreht sich zu Sam um. >>Hast du die Burger schon fertig? <<

>>So gut wie, warum fragst du? << Sam sieht seine Frau skeptisch an. >>Was hast du vor? <<

Rose reagiert auf diese Frage nicht und ignoriert ihren Mann vollkommen. Stattdessen dreht sie sich um und öffnet einen der unteren Schränke, der sich unter der Topfspüle befindet.

>>Rosemarie! Was hast du vor? << zischt Sam wütend und muss sich zusammen reißen das er nicht als zu laut wird und die Gäste ihn am Ende noch hören.

Doch Rose reagiert nicht, sie kramt noch immer in den Schränken bevor sie mit einer Schachtel wiederauftaucht. Sie hebt ihren Kopf und schaut an Sams Schulter vorbei, während sie aufsteht.
Sam packt seine Frau am Arm um endlich ihre Aufmerksamkeit zubekommen >>Was hast du vor? <<

Doch Rose reist ihren Arm weg und sieht ihren Mann mit einem entschlossenen Blick an. >>bist du bescheuert? << flüstert sie. >>Wir haben noch etwas Rattengift übrig, dass mischen wir ihnen einfach unter<<

>>Was? Bist du jetzt völlig verrückt geworden? << entgegnet Sam ungläubig.

>>Ja, wir mischen es ihnen unter! <<

>>Wie? Willst du es ihnen über die Pommes streuen? <<

>>Ja! Gute Idee! <<

>>Nein! Keine gute Idee! So funktioniert das nicht! <<

>>Dann mischen wir es in ihren Ketchup<<

Sam packt Rose an den Schultern und dreht sie zu sich. >>Rose beruhige dich! Vertrau mir, das wird nichts bringen. Du wirst dich nur unglücklich machen<<
Rose schüttelt ihren Kopf, sie verlässt aufgewühlt die Theke und verschwindet wieder auf der Toilette. Sam atmet nach diesem Schockmoment auf, er dreht sich zu den Burger -Patties um und nimmt sie mit dem Pfannenwender vom Grill, bevor er sie auf das Hamburgerbrötchen legt. Er stellt die Bestellung fertig und beschließt sie selbst zum Tisch zu bringen, um dann nach Rose zu sehen.

Verwirrt sehen James und Randy auf, als sie sehen wie Sam mit seiner Kochschürze zum Tisch schreitet.

>>Oh, Heute kommt der Koch höchstpersönlich hahaha<< ruft ihm Randy albern entgegen.

>>Bei so zwei Gästen ist mir das doch eine Ehre! << entgegnet Sam und muss sich fast übergeben so zu heucheln.

Er stellt die Teller ungeschickt auf den Tisch, jedoch überspielt er dies mit einem lustigen Spruch. >>Bei Rose sieht das immer so leicht aus hahaha<<

>>ja bleib du mal lieber bei deinem Grill hahaha<< Randy klopft Sam lachend auf die Schultern.

Sam wirft den Beiden ein kurzes Lächeln zu, bevor er zur Theke eilt, seine Schürze von sich reist und dann auf der Toilette verschwindet.

Beunruhigt beobachtet James dieses Szenario, er weiß nicht was er davon halten soll. Er blickt zu seinem Kollegen, doch Randy scheint völlig unbeeindruckt und er stopft sich gierig den Burger rein.

>>Ist das hier immer so? << fragt James leise.

Randy hebt seinen Kopf und schluckt einen großen Bissen runter. >>Was? <<

>>Verhalten sich die Leute hier immer so komisch? <<

>>Ach, das bildest du dir nur ein! Sam ist doch sogar höchstpersönlich zu unserem Tisch gekommen! <<

James sieht Randy sprachlos an, wie kann so jemand Polizeichef sein, denkt er sich. Einen kurzen Augenblick spielt er mit dem Gedanken Randy seine ehrliche Meinung zu sagen. Wie ignorant er ist und dass ihm jegliches Feingefühl für Menschen fehlt, jedoch beschließt er einfach seinen Mund zu halten. Zögerlich fängt er an zu essen und der Burger scheint ihm tatsächlich zu schmecken, jedoch schiebt er dieses Empfinden auf seinen Hunger, gemäß dem Motto, Hunger ist der beste Koch.

Mittlerweile hat sich auch Rosemarie einigermaßen beruhigt und ist wieder mit Sam in Erscheinung getreten. Jedoch weigert sie sich immer noch jeglichen Kontakt zu den Beiden aufzubauen, weshalb Sam sich von nun an um die Gäste kümmert.

Nach einiger Zeit haben die Beiden dann tatsächlich aufgegessen und sitzen mit vollen Bäuchen auf den gepolsterten, roten Sitzbänken. Nach einem stillen Hinweis seiner Frau, begibt sich Sam zu ihrem Tisch, um die Teller mitzunehmen und zu fragen ob sie schon zahlen wollen.

>>Na, hat es euch geschmeckt? <<

>>Ja klar, wie immer<<

>>Gut, ich bringe die Teller weg und rechne dann ab<<

Sam räumt zügig den Tisch ab, damit die Beiden zahlen und dann hoffentlich möglichst schnell verschwinden. Schließlich kann auch er die Gesichter der Beiden nicht mehr sehen. Sam stellt die Teller hektisch in die Spüle zurück und borgt sich Rosemaries Geldtasche, bevor er zurück zum Tisch eilt. Wort kahl bezahlen James und Randy, wobei Randy noch versucht den ein oder anderen Witz zu bringen, jedoch nur mit mäßigem Erfolg, da Sam höchstens ein leichtes Grinsen über die Lippen geht. Es folgt noch eine kurze Verabschiedung von Sam, bevor James und Randy endlich den Laden verlassen. Sie schreiten über die Türschwelle ins Freie und die kleine flache Steintreppe hinab, bevor James mit der ersten Beschwerde loslegt.

>>Was ist das den bitte für eine armselige Spielunke? Und hier gehst du für gewöhnlich essen? << schimpft James herablassend.

>>Ach, so schlimm war es nicht<<

>>So schlimm war es nicht? Die Kellnerin hat sich wegen uns auf der Toilette eingesperrt, ich kam mir wie der letzte Dreck vor! <<

Randy blickt demütig zu Boden während sie zu ihren Autos laufen. >>Ich weiß auch nicht was Heute los war, normalerweise sind die dort immer so freundlich<<

>>Also ist es dir auch aufgefallen? Ich dachte schon du hättest komplett deinen Scharfsinn verloren<<

>>Nein aber…aber…<< Randy bricht mitten im Satz schlagartig ab. Er packt den Arm von James und bleibt stehen.

Verwirrt sieht James seinen Kollegen an und blickt in sein schockiertes Gesicht. Randys Augen sind starr nach vorne gerichtet. James der seitlich zu seinem Kollegen steht, sieht zu nächst nicht was da vor ihnen aufgetaucht ist. Erst als Randy langsam seinen anderen Arm hebt und mit ausgestreckten Finger nach vorne zeigt, offenbart sich ihm das unmögliche Übel. Vor ihnen steht Frank, Frank der Totengräber! Mit zerrissener Kleidung und völlig verdreckt steht er vor ihnen. Seine weißen harre wehen episch im Wind, seine Augen sind glasig, jedoch voller Entschlossenheit.

>>Wie…wie…ist das möglich…du …du wurdest doch erschossen…<< stammelt Randy mit zitternder Stimme.

Frank steht einfach nur stumm vor ihnen, dann hebt er seinen Arm und sofort fallen ihre Blicke auf seine Waffe.

>>Hey Freundchen…überleg dir jetzt gut was du machst! << James versucht ihn einzuschüchtern, jedoch hört man deutlich die Angst in seiner Stimme.

>>…Überlegen…ja…die Zeit verging langsam als ich begraben war… lebendig begraben, zurück gekommen für meine Rache... auf das ihr nie wieder auf dieser Erde wandeln werdet<<

Boomm *Boomm* *Boomm* *Boomm*

Schüsse fallen so laut, man denkt der Mond fiel auf die Erde herab. Zurück bleiben die Zwei, der alte Man flieht. Ob er gefasst wird ein Rätsel, doch was sicher ist, dass nichts wirklich ist wie es scheint. So sterben James und sein Kollege Randy noch vor Ort.   So waren es am Ende Zehn!

Ende.